租房子的女人

涂梦珊 著

百花洲文艺出版社
BAIHUAZHOU LITERATURE AND ART PRESS

图书在版编目（CIP）数据

租房子的女人 / 涂梦珊著. –– 南昌：百花洲文艺出版社，2022.11
ISBN 978-7-5500-4788-4

Ⅰ.①租… Ⅱ.①涂… Ⅲ.①长篇小说 – 中国 – 当代 Ⅳ.①I247.5

中国版本图书馆CIP数据核字（2022）第172933号

租房子的女人
Zu Fangzi de Nüren

涂梦珊　著

出 版 人	章华荣	
责任编辑	郝玮刚	
书籍设计	黄敏俊	
制 作	何 丹	
出版发行	百花洲文艺出版社	
社 址	南昌市红谷滩区世贸路898号博能中心一期A座20楼	
邮 编	330038	
经 销	全国新华书店	
印 刷	江西千叶彩印有限公司	
开 本	720mm×1000mm 1/32　印张 8.75	
版 次	2022年12月第1版第1次印刷	
字 数	170千字	
书 号	ISBN 978-7-5500-4788-4	
定 价	46.00元	

赣版权登字：05-2022-180

邮购联系　0791-86895108
网 址　http://www.bhzwy.com
图书若有印装错误，影响阅读，可向承印厂联系调换。

目　录

引 子

　　我叫夏凡。我爸给我起这个名字，是想谐音"仙女下凡"，绝不是"夏天里出生的平凡人"的意思。他还解释说，起这个名字有个好处，就是方便书写。"你看，现在给你的新书签名不很方便吗？"这倒是实情，他出生的年代，那个小县城的户籍管理员恨不能把"夏"字简化成"下"，如果当年汉字简化成功，我就真成了仙女"下凡"。

　　然而谐音似乎没发挥什么作用，长大后，我发现自己并不拥有仙女般的容貌，倒是字面意思跟我的人生越来越贴切。如今我已不再年轻，所有人，连带起名字的，都认为夏凡只是一个平凡的中年女子，再没人提起"仙女下凡"的哏。可见，名字还是相当重要的，容貌主要靠基因，而人一生的轨迹会不由自主地去支撑名字的内涵。苛求六零后的知识文化水平，和努力成为富二代一样难，我很早就意识到一切只能靠自己。可是，"我努力地奔跑，只是为了留在原地"，现在的我既没发财，也没结婚，"单是老了些"，肉眼可见的最大成就是在杭州买了一套新房。房子的地理位置相当偏远，不过景观很好，南面就是满目苍翠的茶山。有的业主忌讳那山上有几处荒坟，可是我不害怕，如果开发商能给我打对折，我不介意天天晚上泡壶龙井和先人们谈谈人生，顺带帮帮他们网上寻亲。

对于自由职业者来说，最大的好处是可以随时给自己放假。拿到钥匙后，我决定给自己一个月的时间来布置房间。

我在宜家网站上下单了全套家具物品，友人们也将我的行李从各地陆续快递过来。等待的间隙，便去申请开通燃气和网络，找人安装窗帘。第三天起我就从酒店搬进了自己的房子，然而不管事先计划得多好都会有缺件。比如洗澡时缺沐浴露；临睡前才发现头发还没干，缺个电吹风；拿起一本书，觉得还是有个落地灯温馨些；半夜里被蚊子咬醒，发现纱窗也必不可少……如此这般，几个房间便一天天充实起来，还略有几分杂乱。

秋日的阳光很暖和，我最喜欢做的事便是坐在飘窗上看风景。幸福满满的同时，也会再次产生这样的疑问：自己为什么出现在这里？我出生在四川盆地，在北京、上海打拼过，为什么现在落脚在杭州，一个我并不熟悉的城市？

答案很简单，由于痴迷创业，我错过了获取京沪户口的机会，也就不具备购房资格。经历长达十年的租房岁月，直到今天才拥有属于自己的产权住所。

我并不是一个容易感伤的人，不过每次收到亲友们寄来的物品，整理过程中还是被勾起了诸多回忆。作为一名文字工作者，我不能不把它们写下来，以免这十年时光被将来的自己彻底遗忘。我一直认为，人的真实寿命跟成就、记忆相关。临走时，活了多少岁，得刨去那些没有记忆、没有生存质量的年月。同理，如果死后人们还能记住你，生命便得到了延续。这是我写作的最大动力。

随着一个个纸箱、行李箱的打开，过往的十年时光也陆续重现。我很感激这些旧物件，虽然它们跟这所房子格格不入，却是我的记忆载体、生活的一部分，我甚至安排了一间书房，专门陈列一些暂时不知如何安放的物品。

如果放在平时，过多的回忆会让人疲惫，而在这个时间间隙里，却是非常合适的，否则这个月就会相当无聊。后来意识到，我安排的这个时间窗口，恰好将自己的青年和中年时代分割开。

十年时光，我租住了若干套房子，每一次入住新环境，都有一个很长的适应期，了解水电煤的使用和缴费规则，考察周边的生活设施配套，还要考虑到将来会搬走，不能采购太好的物品。然而不管我对房子满意与否，也不管出于何种原因，每隔一段时间我就得搬家。当然严格地说，不算是"家"，只能称之为寄居所。对于我这种哪怕住几天酒店都会对这个空间产生"感情"的人来说，每次搬家都是一种精神折磨，要和熟悉的环境告别，就像跟亲人告别一样难受。一般来说，亲人可以再见面，然而眼下这间屋子，一般来说，离开后再也回不去了。

每次搬家，我都有个坏习惯，就是东西搬空之后，还要回去再看一圈，感叹"唉，和我朝夕相处的房间啊，窗外的树林和道路啊，床铺啊，衣柜啊……"然后才跟房东交接。这个习惯非常不好，加之我适应新环境的能力比较差，导致我每次搬家后都至少有一天情绪很低落。

对于大多数人来说，回望生活本来就是一个比较沉重的话题，除非自己取得过相当辉煌的成就。然而辉煌也只是一个瞬间，生活中还是蝇营狗苟居多，过去的自己跟现在相比，总归是幼稚可笑的。幸好还不算老，远没到靠回忆度日的时候。我要抓住这一个月的时间，完成对过去十年生活的回望。这种回顾没有总结，只有日常的片段；没有好恶，只有思绪的流淌。

回龙观

　　我在新房里收到的第一件行李，居然是刚毕业时买的一个超大行李箱。在生活重新开始的时刻，回忆一段既往时光的开端，蛮凑巧了。

　　显然它已经很旧了，油漆大面积脱落，有无数的划痕。当年买这个箱子花的钱很少，刚用没多久轮子的橡胶层就脱落了，失去了静音功能，不过主体部分仍然完整。后来的一次搬家中，我从北京搬去上海，为了"轻装上阵"，就用它装了些旧相册和上大学时留下的书籍，寄回老家去了。

　　所谓老家，就是老宅，当年我出生的地方，一个小县城的两层自建房，建成于 20 世纪 80 年代。当下只有奶奶一个人坚守在那里，房子里留存了她前四十年的记忆载体——一些老旧家具，也有这四十年的牵挂——我们暂时用不上也舍不得扔的一些东西，也寄存在那里。而我从来就不觉得老待在一所房子里有什么好，所以一直期待能到更大的城市去生活，最好每年都换个新环境。

　　奶奶给我看过手相："一螺穷，二螺富，三螺四螺挑豆腐……"

"奶奶，那我这种没有螺的人呢？"

"没螺最好了，满天飞。"

所以，每当我遇到点事，有些漂泊的伤感时，就觉得是十个手指头在发挥作用。仿佛它们是火箭的发动机，把我送向一个个城市，就像一座座星球。翻开世界地图才知道，自己不过在地球上移动了一小段距离而已。这个时代每个人都不饿肚子，都有迁徙的自由，无论有几个螺。

"奶奶，建这所房子之前，我们家是什么样子的？"这是我小时候经常问的另一个问题。奶奶便拿出几张老照片，给我讲述。都是在大门外的春节合影，既看不到房子的全景外观，也看不到室内摆设，只能随着奶奶的话语展开想象。唯一能确认的是，它是一座木构建筑，原属于一座大宅院，由于房子太高大，天井太深，所以相机拍不下它的全部。那个时代的老百姓家庭影像里，主角永远是人，普通人家当然不可能有多余的胶片去记录建筑的外观和细节。

受此影响，买了新房后，我决定要把自己房子的每个阶段都拍下来，从交房时的空无一物，到家具入场，到将来的满满当当。这些行李的到来，加速了这一进程。

我查看了箱子上的标签，万万没想到，奶奶给我寄快递居然用空运。她什么时候变得这么大方了？会不会被快递公司忽悠了？奶奶电话里解释说，她并不关心货运速度，只担心箱子是否会被摔裂，快递员说空运安全，她便选用了。我知道，她为了保护我的记忆不惜血本，就像她坚守在那所房子里，不惜忍受冬冷夏热，以及相当不完善的卫洗设施一样。

箱子里居然还有我在北京的所有租房合同，唉，它们的存在足以证明我是个细心和念旧的人啊。不过我的念旧并不总是如此，保留这些东西还是取决于当时的心态。当时收拾东西累了，做出抛弃它们的决定比保存它们更难。多数人的念旧，只是缺乏抛弃的勇气。

第一份合同的纸张非常差，已经字迹不清了。那是在回龙观，一个二房东起草的，里面全是错别字。她的字也非常丑，比我的还难看。如今已经很难记起她的模样来，不过她的声音还可以随时从脑海中唤起，虽然不是电影中"包租婆"的那种声线，但还是很有特点的，语速快、犀利、没温度，我甚至觉得她的声音天生就是单声道。

"四房的房子性价比最高了，平均到每个房间的租金最低啊。这房子的厅特别大，平时大家都在房间里活动，客厅都空着，所以我还弄了个麻将桌，想着四个人刚好可以搞点娱乐。不过你们都是女的，不一定用得上，也可以当餐桌用。你刚才问我这房子有什么缺点？其实没什么缺点，一定要挑毛病的话，就是除了主卧，其他三个房间共用一个卫生间。这套房子最大的好处是飞机户型，客厅、厨房、卫生间都有窗户，小区里很罕见的。"不知二房东来自哪个省市，总之是个泼辣的中年女子，一路上不厌其烦地做介绍，毫不担心哪句话不中听。后来我才知道，客厅的麻将桌是她在小区的垃圾房边捡来的。

"什么叫飞机户型？这里离机场很近吗？"我问道。

"飞机户型就是客厅在中间，十字型，像架飞机。比如这套房子的客厅刚好把四个房间隔在四个角，厨房朝北，餐厅朝东，卫生间在门口，互不干扰，全明结构，很通风的。"

等待我的空房间在东南角，冬日的阳光直射在飘窗上，将整个房间映得通亮，一进去就感觉很温暖，我喜欢它。明天是周日，还有一个休息日，可我想去798看展，不想继续把时间耗在找房子上。我知道自己常常把想法写在脸上，于是提醒自己矜持点，问道："不是主卧，又没卫生间，房租还能谈吗？"

"这房租，顶多撑到下午就被人抢了。主卧倒是有卫生间，租金高一千，关键是没空房间啊。"

"能降两百不？"我的音量小了许多，已是商量语气。

"没办法，到底了。我在回龙观十几套房子呢，价格很透明。告诉你，这房子再过一周就要涨价了，今年租房的大学生比往年多，都是找合租的。"如果有人没头没脑地听了这两句，一定会以为她是个富婆，在北京拥有十几套房子呢。

"好吧。一定要押一付三吗？"这是一句废话，我没有谈判筹码。

"当然，老规矩。另外，这套房子跟那些群租房不一样，其他三个房间住的也都是单身女孩，大家有个约定，每个房间都只能住一个人，租期中间不能加人。还有就是，甭带男的进来。

呵呵，房子里都是女的，男的进来就不太方便，这个得先说清楚。"

"哦，没关系，就一个人。"我立即声明道。

"这个呢，还得多讲几遍，以前有个女的，刚开始也说是一个人，过段时间就往里带男人，其他人就有意见了。所以呢，从一开始就要考虑清楚。要是两人，就别租在这里，有其他房子可以选。"

我有点不高兴了，"往里带男人"，听起来像是从事某种职业的感觉，我看上去有那么随便吗？都说了自己单身，隐私都暴露了，有必要这么警告吗？找个男朋友这么容易吗？情侣们住这种"女生宿舍"，自己也觉得不方便啊。

不过还是忍住了，对方毕竟只是二房东，不用整天打交道，交房租就好，没理由对她要求太高。最关键的是我跑累了，好不容易找到合适的房子，就不必因为一两句话节外生枝了。这是我租房生涯中唯一一次跟"包租婆"打交道，后来的房子房租提升了，房东的质量也就提升了。

付好房租，我开始搬家，拖着行李箱轰隆隆地一路进了小区。滚轮的隔音环在托运中已经被磕坏了，声响特别大，就像清早环卫工人把每栋楼的垃圾箱拉去集运站一般。从地铁站到小区就几百米，打车也没司机愿意接单，况且小区内这段还得自己拖拉。我也不想让滚轮发出这么大声响来，没法子。箱子看上去非常大，大到能装下我。这视觉效果有一半是因为我不到一米五的身高，加之不到八十斤的体重。

一进单元门，就看见电梯维修的护栏了，有个穿红马甲的师傅正在忙着。

"师傅，这电梯要修多久？"我问。

"不好说。"

"上午还好好的呢，这会儿就坏了？"

"唉，这电梯经常坏，按说到时间就该换了，物业说维修基金用完了，业主又凑不起钱来，只能修。修？我能变出花来？保不了一周后又得来，麻烦……"师傅抱怨道。

"师傅，我拎着箱子呢。什么时候能修好啊？"我问这话的意思，无非想请他帮忙，但又不好直接提出请求。这种"广谱"式的女孩儿撒娇，我刚学会不久，在火车站等公共场合屡试不爽。

"楼梯吧，一时半会儿整不好。"这次不灵了，人家师傅满手油污，也没帮忙的意思。楼层倒是不高，五楼，不过这箱子无论如何我都提不上去。

于是我决定先把行李放在门厅，待电梯好了再下来取。此时楼梯上下来一个英姿飒爽的女孩，问道："夏凡？"

她居然知道我的名字。我点点头。

"电梯坏了，我们一般都走楼梯，帮你抬上去吧。"说着接过我手上的行李箱。说是抬，其实人家一个人拎上去的，我完全使不上力。

原来女孩子也有这么大力气的。我心生感激，从一楼到五楼都在盘算着怎么谢人家。一进客厅，便从行李箱里拿出一袋灯影牛肉丝，递给她道："老家特产，尝尝吧。"那女孩将那袋零食往麻将桌上一放："别客气。"桌上堆满了各种食物，有辣椒酱、薯片、泡椒凤爪……有包装的没包装的，拆开的没拆开的都有。看样子也一定有过期食品。从那之后，我就放弃了这种"现世报"的感恩方式，它过于功利，又容易让对方难堪。按说这种情商教育应该在家庭中潜移默化地完成，我却要经历社会"毒打"才能认知到。

那女孩指了一下隔壁的主卧："我，赵宁，住这屋。出去了。"说完下楼了。作为同住一套房子的室友，第一次见面她居然连个笑脸都没有，她好酷。

虽然大学毕业了，我还像个有社交恐惧症的孩子，回到刚进校门的状态，见到迎新的学姐窘迫得不行。这充分说明，人的进步只能是螺旋上升的。每次认识新人，适应新环境，都是一个痛苦的过程。上午来时还阳光灿烂，这会儿却幽暗无比，窗帘都拉上了，室内气息浑浊。二房东特意挑了个没人时候带看，也是煞费苦心。

接下来，拖地、铺床、整理衣物……一系列操作做下来，我累了，便在床上睡了一觉。醒来天已经黑了，我瞪着眼睛适应了一会儿新房间，回答完自己"为什么在这里"的问题，才发觉肚子有些饿。想起还有一袋方便面，便去厨房烧水。客厅没开灯，但洗手间的门是开着的，借着它的昏黄灯光往对面走。淋浴房里传来快乐歌声和稀里哗啦的水声，那玻璃门上满是雾珠，或明或暗地映着肉色的影子，还是能分清屁股和腿，好性感啊，难怪这房子不能有男生。刚摸索清厨房的情况，将水槽的龙头打开接了一壶水，卫生间传来尖叫声："啊！谁在用水？"

有个女孩儿连浴巾都没裹冲出来，打开客厅的大灯，生气地问道："谁啊？！"

我被问蒙了，也看呆了。天哪，好光亮润滑的肌肤，湿漉漉的"维纳斯"。她在炫耀身材吗？

对方猜到我是刚来的，语气缓和下来："我洗澡的时候你们不能用水。我都要被烫熟了。"

这个情节我在大学宿舍里经历过，于是连忙道歉，解释自己不知情。

刚把面条端上麻将桌，另一个室友从东北角的房间走出来："好香啊，整个房子里都是方便面的味道。"

或许人家闻不惯这味道，不好直说，在打趣我呢。不知道怎么接话，总不能招呼着一起吃面吧，于是我尴尬地对着她傻笑了两秒钟。只要我笑得比她傻，对方就一定会放过我，这也是我的女生宿舍生存技巧之一。

"哈哈，你把关云雁给烫着了是吧？没事，其实我们也经常忘，这房子水压不够，热水器容易忽冷忽热，所以厨房和卫生间不能同时用水。不过一般有人在客厅，其他人就待在房间不出来。赵宁那边还有个洗手间，水管连着的，不过她都是半夜洗澡，影响不大。这房子啊，表面光，第一眼看起来不错，住进来之后呢，才发现毛病很多。除了用水，隔音也不太好啊，唯一的好处可能就是暖气足。大冬天的，在家热死，出门冻死。"

这时云雁又出来了，裹着浴巾，她招呼那女孩道："林泉，我洗好了。今天早上有人来催暖气费，说房东一直没缴费，也不知道该谁交。就怕都不交，人家把暖气给停了。"她一边说，一边继续用浴巾揉搓那湿漉漉的长发，一定是在炫耀身材无疑了。不过我真的好羡慕她，唉，她赢了。

林泉："前几天已经催过二房东了，放心，供暖公司不会轻易停气的。"她又转头对我交代道，"这个洗手间我们三个人用，一早一晚稍微有些拥挤，其他时间还好。毛巾架什么的都给你留出位置来了，来，我跟你说说。"涉及公共空间的权属问题，还是比较重要的，这点在大学宿舍就深有体会。作为后来者，我只好跟着林泉去洗手间确认各自的"领地"。

随后林泉和关云雁又对我的名字产生了兴趣。不能免俗地往谐音去调侃："难怪人家要说仙女下凡呢，娇小玲珑，古典美……"这些话我听了二十多年，早就不敏感了。

房子里有两个人身材高挑，语言表达上一个比一个自信，我好生嫉妒。又听她们讲了这房子许多坏处，心中更加不愉快，赶紧吃完面退回房间去。当时我有一个决心，将来自己孩子起名时，决不能起两个字的名字，而且不能有任何谐音，决不能给人任何遐想调侃的空间。

这种时候需要做些别的事才能打消心中的不快，我打开笔记本电脑，再次巡视购物车中的物件，一条浴巾、一双拖鞋、一个刷牙杯……再换个记忆枕，结果刷了两个小时只下单了一个颈部按摩仪和一个挤牙膏器，然后又在犹豫要不要买个纸巾盒。因为前面的几样必需品有秒杀活动，可活动要零点才开始呢，倒是按摩仪、挤牙膏器和纸巾盒特价到位了……女人买东西，耗费的时间往往跟价值成反比，就是说商品金额越小，耗费的时间反而越长。浴巾和拖鞋已经放在购物车里一周了，可是租房子这种"大事"几分钟就搞定。

好不容易熬到零点，又突然断网，Wi-Fi没信号。我连忙接上3G上网卡，花了几分钟，结果中意的东西又被人秒杀光了。我懊恼地将电脑扔一边，躺在床上长叹了一口气。明天上街买算了，网上购物太费心力。还有这房子里的网络，怎么好端端的，就断开了呢？

这时客厅传来开门的声音，应该是赵宁回来了吧。脚步声很轻，听动静像是两个人。紧接着是开灯和关房门，然后还有几句轻轻的对话，听不清内容，一个声音细点，一个声音粗点。

呵，什么叫不许带男生进来？都是骗人的规矩，这才第一天呢。

隔壁一会儿洗漱，一会儿说话，升灯关灯，窸窸窣窣的，让我睡得很不踏实。折腾到两三点，隔壁总算安静下来了。这时我头脑却无比清醒，瞪着大眼睛，闪现出各种稀奇古怪的念头。从工作到情感，从同事到家人，从小时候到现在，都过了一遍。自己在这个房间总共只待了 12 小时，怎么像过了两天？这才想起下午已经睡了一觉，难怪晚上要失眠。睡两次觉，不就像过了两天嘛……

之前几个月是寄居在一个远房亲戚家中，我爸的面子。中科院的老公房，在海淀黄庄，地段好得不能再好了。不过我上班的地方在上地，地段好的优势完全发挥不出来。人家房子也不宽裕，60 多平方米的两居室，一间夫妻俩住，一间给孩子。幸好客厅西面有一个临街的大阳台，之前改造成了保姆房，孩子上学后没请保姆了，所以"房间"一直空着。保姆房的改造很简单，一张折叠床，一个简易衣柜，再给推拉窗和移门加装窗帘，移门锁扣反装，然后加装了一台空调，就成了。

刚去一看，哟呵，阳光房嘛，挺别致温馨的。不过夏有西晒，冬无暖气，虽有空调但不太管用。夏天为了给房子通风，门和窗都得开着；冬天为了蹭客厅的暖气，移门也得开着。最难忍受的是 24 小时不间断的噪声，窗外就是大马路，对面中关村广场，繁华是繁华，可住几天下来，耳朵里、脑子里，甚至心口都平添了一层底噪。

"住阳台？那还好，我住过地下室呢，那叫一个暗无天日啊。"听我抱怨居住环境后，一个同事说道。

"地下室冬暖夏凉啊，其实也没什么不好。"这是他们的领导，"我第一次来北京，住在翠微大厦旁边的翠微宾馆二部，其实是个地下一层的招待所，不过还好，靠近房顶的地方有个小窗可以透气。房间只有九平方米，一张小床一张小桌子，卫生间还占去一平方米，不过蛮干净整洁的，比现在的快捷酒店好，一天 80 块，我在那里住了一个月，每天散步就是为了晒太阳。"

"80 块？！那我宁可天天住这个地下宾馆，天天有人打扫卫生，水电煤暖气都包了。"那同事道。

"那可是 2001 年，很多人一天的工资也不到 80 块呢。"

"我也想搬出来住，房租太贵了。领导，我们能提前转正吗？转正工资就不会打折了。"

"嗯，应届生嘛，人事统一安排，部门说了不算。"

我住在亲戚家第一周就计划搬走，不过拖了几个月后才实施，主要是银行账户一直没盈余。押一付三，至少得存上一万块钱才敢租房子啊。

冬天来临，我要么开移门蹭暖气，要么蜷缩在被窝里瑟瑟发抖，手机出了被窝都会冻关机。我觉得无论如何该搬走了，恰好女主人这周要出差，便顺势提出。男主人当然不便挽留，甚至也不好开车送我至新住处。几个月来，该有的不便，该有的猜忌都发生过了，他不想因此再与自己的妻子争执。

这男人不是很爱说话，不高也不胖，典型的科研工作者。他总是待在实验室，妻子不在家时他基本上也不在，可能是避免和我单独相处。极少的几次只有我俩在家，对方不是脸红就是不敢正眼看我，好尴尬。

"他是不是喜欢我？"搬走后我才开始思考这个古怪的问题，有的人就是因这个原因而害羞的。喜欢又如何呢？中年男人不如狗，他老婆一句话，他就得屁颠屁颠地照做。这样的男性角色在生活中经常会遇到，我与他们连暧昧也算不上，我平时并没有意识到，只在这种半夜睡不着时想起来觉得好玩。年轻的时候，大概对什么都好奇，并不会去想事情有什么"然后"，反正还有大把的时光等着自己。

又想起了工作上的一些事。不知为何，公司让刚毕业的我负责女性专栏。这项工作颇具挑战性，经常要采访一些出色的女性，写关于她们的网文。她们当中有企业家、教授，也有演员、创业者……接受采访，有的是为了点击量，有的为了接软性广告。实习期才进行到第一个月，领导就让我独立做专访了。他是这么解释的："没事，你放松点去采访就好，我最放心的就是你了，不会说也不会问多余的话。几乎所有的采访对象都比你年龄大，面对新人，她们反而没什么戒心。写网文和电视采访不一样，不用担心出错，你写的稿子对方还要审一遍，所以更不用担心出岔子。"

他说得一点没错，某同事的一篇稿子，成文内容与采访提纲风马牛不相及，居然也通过了。我偷偷地问他，用什么办法让受访者接受这么大差异？他悄悄地告诉我："嘘……发错邮件了，对方看也没看就同意了，上线了才发现。"

"啊？有这种事？"

"运气啊！更绝的是，两篇稿子刚好对调了一下错发给她们，结果两边的客户都没发现。"

"啊？她们的创业故事能一样吗？迟早要被发现的啊。"

"开始我跟你一样很担心，后来才想明白，她们的故事本来就是瞎编的，自己也记不住。"

就这样东想西想"忆往昔"，熬到五点多，我终于睡着了，可没多久又醒了，怎么回事呢？原来这窗帘根本不能遮光，太阳出来后就跟一层纱似的透光。我找了件黑色的内衣当眼罩，效果还不错，一觉到中午。刷牙时才想起今天计划看展，已经过去大半天了。身体依旧疲惫得很，明天还得上班，只好放弃。

接下来的一周，早晨错峰上班，晚上各自有活动，客厅里平时没人，连灯都懒得开，大家难得碰面，所以也说不上几句话。客厅里有一台电视机，屏幕上落满了灰。酱色的皮革沙发也如此，一周来似乎从未坐过人，凹凸不平加"蜕皮"的面积占据了大部分。我总担心那凸起的部分有朝一日会像皮克斯动画里一样"嘣"的一声，跳出几根弹簧来。

直到周五晚上，情况才有一些变化。大约八点，我下班回到小区抬头一看，房子的客厅灯火通明。刚出电梯，房子里就传来一阵女人的笑声，她们是在家举办部门的派对，还是有人过生日？

开门一看，只有林泉一个人，她裹着一条大红毯子坐在沙发上嗑瓜子看电视，这是一档婚恋节目，音量调得很大。显然，她裹毯子不是因为冷，而是将自己跟沙发隔离开。天哪，一个人居然也能过出节日气氛。她这副胖乎乎样子还蛮可爱的，还问我"介意不"？说赵宁和关云雁都不在家。对于新成员来说，这是一个拉近室友关系的极好机会，我当然回答不介意。非但如此，我还去房间里拿了两听可乐出来与林泉一同分享。

播放广告的间隙，我很谨慎地挑起话题："二房东说，你们三位都是同事？"

"没错。赵宁是我的前同事，当时我们在一家比较小的房地产公司工作。那家公司的老板姓蔡，是赵宁她爸的朋友，人不够大气，什么都听老婆的。不过不要紧，赵宁本来就去那里过渡一下的。我们现在的公司，你懂的，上市公司，大国企，总部在上海，去年在北京设立子公司开发项目，赵宁就先过来了。公司业务发展很快，需要财务，赵宁就介绍我过来了。我又是上海知青子女，正合适。我们有房贴，为了方便报销，所以一起合租。"

"关云雁也是财务吗？"

"不是。她们都是搞设计的，赵宁建筑设计，关云雁做景观设计、室内设计之类的。我算是混在她们工程设计部门。之前你那个房间也是她们部门的，那人后来找了男朋友，就搬走了。"

"听说，这房子男生不能进来。" 我想起了上周末的事，难道主卧例外？

林泉笑道："哈哈，是上周赵宁的事吧？我们几个定规矩的时候，就没想到还有人能带女生进来。其实女生也一样，多个生人总不太方便。不过赵宁家里给她买了房子，估计在这里也住不了多久。"

我明白了，那天晚上她也没睡着，关心着这事呢，今天好不容易找到机会说说。不过大家还不熟，这种事不便于深入讨论，我就"哦"地回应了一句。她见我没接话，就没有继续。

电视上的征婚节目终于熬过了广告时段："请问男嘉宾，你愿意吃我吃剩的东西吗？"

什么鬼话题，放在电视上讨论？林泉抢话道："现在愿意，过些年就不好说了。哈哈……哈哈。"

有的人天生容易快乐，有的人总是感到悲伤，林泉显然属于前者。她很容易跟任何人达成友好关系，开心似乎不需要理由，真是个活宝。那时我真觉得她上台做女嘉宾一定有利于收视率。虽然我的工作跟女性相关，但关云雁这种女孩该如何交往，我还完全不得要领。在这个陌生环境中，林泉成为我的最佳交流伙伴。

她对自己的职业定位也很清晰，做好财务工作，将来成为财务总监，再读个长江或者中欧商学院，"将来一定能在上市公司高管名录里找到我。你说，是长江商学院更适合我呢，还是中欧？"我对MBA课程一无所知，"主要是个商人俱乐部吧，要么高管俱乐部"，仅此而已。她显然比我懂得更多，给我普及了很多商学知识。

以上就是我对三位室友的初始印象。我知道，认识新人的过程很忐忑，描述这些故事也显得枯燥，这却是不可或缺的步骤，否则怎么展开后面的故事呢？记得简·奥斯汀在她的小说里讲过，人的第一印象往往不可靠。严格地讲，所有的初始认知都不可靠。我认识的每一个人，后来都发生了很大变化，包括她们几个。二十岁出头的女孩，跟她三十多岁的状态，往往判若两人。所以有人说，要了解一个女子是怎样的人，非要等她过了三十五岁才知道。

而回龙观这所房子的所有优缺点，后来也成为我买房时主要考虑的因素，"飞机户型"四个字就像数学中的勾股定理或物理学的牛顿三大定律一样，只要有人提到住房，它就会条件反射式地出现。

八达岭

　　相册中有一张我们四人的合影，在八达岭长城脚下，这是我们的第一张合影。遗憾的是在回龙观那所房子里并没有留下任何影像。我们最后一次合影是什么时候呢？北京或上海的某个餐厅、咖啡厅？完全没印象，只能说还是上次，并不是每次聚会都能想起来拍照的。

　　照片有些氧化，人像发白，天空昏黄，衣物的色彩也不再鲜亮，就像从小时候的感光胶片洗印出来的一样。虽然如此，它带给我的记忆和视觉冲击还是很强。这些年除了证件照，一般不会将数码照片冲洗出来了。存在手机或电脑里不打印出来，再次看它的概率很小，头脑中的影像就很难得到强化。类似这种打印出来的照片，靠着重复的力量，越是久远反而记得越清楚。

　　那时还很年轻，刚去北京的头几个月，市内景点都逛遍了，远郊景区一直没能成行。搬到回龙观之后，离长城更近了，隐约感觉很快就可以去了，这么想着，机会就来了。

　　有一天晚上，关云雁急匆匆地敲开了我们三个的门，"糟了，我们的礼仪小姐突然不干了，明天一早在八达岭搞活动，这可怎么办？"大半夜把大家叫起来，意思非常明确，不就是要赶鸭子上架，让我们客串礼仪嘛。天哪！我个子这么矮，居然也有做礼仪小姐的一天？可能是自己的价值被认可了，或者出于和大家搞好关系的愿望，也可能是来不及想拒绝的理由，我答应了。她们两个的想法也大差不差。许多年后才明白，对于我这种性格的人来说，拒绝是件很难的事，熟人之间的要求，一般默认答应。给关云雁帮忙这件小事属于正向事件，然而其他人其他事未必，有时不懂拒绝会给自己带来很多麻烦。

幸好不用乘火车去八达岭，大清早就有商务车来接我们几个，关云雁解释说这样时间可控，另外活动场所未必提供更衣间，商务车里空间大，可以换衣服。

上车后我才知道，这次的活动是房地产领域的景观设计高峰论坛，由云雁他们部门组织，她自己还有很多活要干，担任礼仪小姐的只是我们三个。什么样的论坛不在市区的五星级酒店举办，舍近求远跑八达岭去？我满心疑惑。

不过眼下还有更紧急的问题，礼服裙都是按标准定制的，所有的礼仪小姐都是模特出身，标准的一米七身材，所以不一定适合我们。出发不久，我们三个在躲后座上试衣服。赵宁穿上礼服后，就跟定制的似的。林泉也还可以，只是身材稍显发福。可这裙子套在我身上就像小朋友穿大人衣服，上上下下都空落落的，特别是那肩带，长了一大截。

林泉一声惊叫："天哪！真好看，裸胸装！"我立刻感到脸上发烫，前面还有司机呢，她居然喊了出来。此时坐在副驾驶座上的关云雁递过来两只别针，看来她早就考虑到了这个问题。赵宁帮我从背后将裙子的肩带卷起来，用别针别好。林泉又来了一句："哇！秒变童装。"

到达目的地后，才发现也是个五星级酒店，叫"长城脚下的公社"。为什么不能等到了酒店再换衣服呢？这时林泉又看出了我的困惑，对我耳语道："她不想让人看出我们仨是客串的礼仪。"

"可是我这身材……"

"人都有先入为主的习惯，如果我们穿自己的衣服过来，就不像礼仪小姐，如果从一开始就穿上这身衣服就好多了，客人第一眼认定你是礼仪小姐，就不会再怀疑。"

"客户来这么早？"

"不一定是参会嘉宾，还有公司领导，会务组织者。总之，你今天就安心做礼仪吧，呵呵。"

虽然是来帮忙的，但遭遇如此小心思，还是有点不开心。不过忙起来就好了，我们三人的分工是：赵宁迎宾，我负责签到台，林泉安排会场座席。下午两点开会，从中午开始报到的人就络绎不绝，嘉宾为各大房企和设计界的大佬。按流程先入住房间休息，然后开会，接着参加欢迎晚宴，第二天自由活动。

度假酒店也有缺点，客人退房迟，两点前还有很多房间没整理出来，因此大家都需要寄存行李。礼宾部来不及处理，有些就寄放在签到台，我就多了许多与客人交流的机会。透过言谈举止，有些嘉宾还是发现我并非专业的礼仪小姐，开始套近乎。我想主要是我的说话方式太"家常"了，几乎不懂得服务业的规范用语。因为在北京，哪怕是五星级酒店服务员也可能呛人，能和气地说话并且把事办好，就算合格本分了，至于什么话该说什么不该说，并没有那么严格。记得有一次去香山公园，因为忘带身份证被看门的大姐一口一个国家规定教训了半天。自那时起，在北京吃饭逛街看电影，只要不被人骂、被人管，就感到幸福无比，觉得对方素质特别高。我猜这些参会者也是这么想的。

会议开始后，赵宁也进会场帮忙。我和林泉很快就发现，有很多与会嘉宾在关注她，并且找机会与她搭话。我问林泉："有些人为什么总是不能集中注意力呢？"林泉说："不是的，男人的注意力其实是蛮集中的，不管任何场合任何时间，都集中在年轻漂亮的女人身上。"

可能考虑到嘉宾舟车劳顿，会议安排比较紧凑，四点多就结束了，下一项集体活动是欢迎晚宴。按计划，晚宴有抽奖环节，我们三人还需要作为"礼仪小姐"出场。云雁这时却告诉我们工作已经完成了，晚宴留给客人们自娱自乐。于是我们去洗手间换上了自己的衣服，准备乘来时的商务车回城。云雁自己还有工作，要继续留在酒店，不过她还是送我们去了停车场。

这时会场已经空了，服务员们在准备晚宴的桌椅。客人们有的回房间休息，有的聚在一起畅谈。天空瓦蓝瓦蓝的，夕阳照在长城和山梁上，映成一片金黄色，观景平台上、路边有许多摄影爱好者在抓拍风景。只有会务摄影师突然跑过来说道："等等，现在光线很好，给你们拍张照吧。"我疑心他是找不到合适的模特，因为他给我们合影之后，还分别给每个人拍了些照片，后来却只看到那张合影。

路上，林泉便收到了云雁转给我们的劳务费。

"既然还早，不如去吃椰子鸡？"林泉的提议立即得到赵宁和我的赞同。

椰子鸡火锅刚端上来，林泉便开始总结今天的活动："云雁太小心了，呵呵，怕赵宁抢走她的客户。"

赵宁："没关系的，如果我们留下来，云雁还要安排晚饭，另外这家酒店的房间估计也蛮紧张的，还不如早点走。只是晚宴的环节缺了人，不知公司介意不。"

我有点不理解："这些开会的人不都是同行吗？又不是业主，怎么还有客户？"

林泉："客户只是统称，她们不是房产销售，对于搞设计的人来说，今天在这家公司干，明天在那家公司干，将来还可能自己创业，这些人不就成客户了嘛。今天参加会议的，要么是云雁的核心客户资源，要么就是地产界的大佬。这种会议就是大家一起玩玩，联络感情，以后的路子更宽，没几个人真正关心会议内容。"

隔行如隔山，我之前确实没想到这点，意思大概就是云雁既要我们帮忙，又要防止我们参与太多。

赵宁："我觉得云雁的工作干得挺好啊，干吗跑来跑去？"

林泉："云雁可一直在找下家呢，不知道这次看上哪家公司了。"

赵宁："她上次说的那家还蛮有实力的，就是业务都在上海。这次也挺给面子的，安排了个副总裁参会。"

林泉："在上海怎么了？我们公司不也是总部在上海的嘛。在北京又不认识什么达官显贵，打工的话，在哪个城市也没什么区别，去上海不挺好的嘛。"

赵宁："对我们没区别，对你有啊。户口落实了没？"

林泉："快了。"

我又开始迷糊了："落户上海，一定要在上海的国有单位工作吗？"

林泉："不是的，和工作没关系，不过这家公司有很多京沪之间的出差机会，方便我办手续。关键要有住所，就是户口能落在亲戚家。我大姨前段时间终于答应了。"

赵宁："有了户口之后，你总归是要生活在上海的。你妈妈成年后没享受到的一线城市福利，都传给你了，不过她退休后可以投奔你。"

林泉："所以啊，问题的关键还在于买房。我妈只能给我一个户口，其他的只能靠我自己。"

我又愣头愣脑地补了一句："你妈妈在哪？"

林泉："黑龙江。"省份是宽泛的地理概念，没有提到城市名，说明不是哈尔滨这样的大城市。不过也很正常，知青下乡一般都去农场，即便后来安排工作，也大多安置在县城。

我意识到自己的提问有点不合适，还没来得及尴尬，赵宁便帮忙转移了话题："夏凡，你们网站编辑都做些什么？有什么权限？能不能帮我们公司写一些推广软文啊？"

话题突然转移到我身上，我还有些不适应："当然可以啊。我主要负责女性专栏，采访女性风云人物，写写女性话题之类。前几天还有销售部的同事问我是不是跟你们合租，应该跟你们的哪个部门联系呢。"

"广告宣传方面我们都是外包的，我认识他们，改天介绍给你。"

…………

多年后才发现，这次椰子鸡火锅聚餐，居然意外引发了我的第一次创业。

那天晚上，林泉还有一件糗事，不过只有我知道。晚餐后，赵宁打车去见她的朋友，我与林泉计划走回住处，便于消食。走到一半，林泉开始闹肚子，说她的肠胃可能不太能适应椰子鸡。

她难受得很，但路边没有公厕，我便提议跑回小区，她跑不动，我便拽着她往前。好不容易挨到小区，林泉一把甩开我的手，冲进了中央花园的灌木丛中，顿时传来一阵稀里哗啦声。我赶紧退两步，在花坛边为她站岗，那种感觉，就像个盗贼的同伙。正庆幸这会儿没人呢，一辆轿车开着大灯进了小区。我着急地回头一看，天哪，算了，挡也挡不住，我也躲起来吧，赶紧藏到一棵树后。林泉结束后，我只好安慰她没人路过。她却一脸地轻松地说："没事，看不见脸就好，云雁说在她们老家，不管男孩女孩小时候都是在马路边大小便的。从小区大门到这儿老远了，人家还以为是个小朋友蹲在那呢。"

她又跟我讲了几件亲历的糗事，我也只好互换一二。没想到这种事情也会拉近两人的关系，我们似乎变得更加亲密了。

上楼之后，话题转到云雁身上了，因为云雁今晚不回来，讨论她是安全的。林泉还讲了云雁另外一些小心眼的往事，可惜我现在已经想不起来了。她总结道："当时的关云雁，在我们眼中就是这么个印象。我最初听到这个诗意名字，总以为她是个出生在长城沿线的北方姑娘，头脑里她的家乡是这样的——高天流云，雄伟的关隘，大雁南飞。结果她说她是湖南妹子。"

我："什么？湖南人普通话也讲得这么好？"

林泉："在北京上学嘛，很正常的，不管南方人北方人，在北京上几年学，都能讲一口标准的普通话。这还算好的，要是在我们东北，哪怕不在东北，只要宿舍里有一个东北人，半年后整个屋子都是东北腔。"

　　我："这么厉害。呵呵。"

　　林泉："有些方言就是这么魔性。哈哈。"

　　我："怎么没见云雁吃辣椒？"

　　林泉："前几个月，她把湖南老家寄来的辣椒酱放冰箱里，后来也不知道是谁舀了几勺，被她发现了，结果她在罐子上贴了个纸条。呵呵。"

　　我："听起来怎么像大一新生的故事？"

　　林泉："我也觉得奇怪，这么多小心思。后来她就干脆买了个小冰箱，放在自己房间里。"

　　我："啊，还有这么回事？"

　　林泉："当然，云雁可讲究了。"

　　但在关云雁这边，故事就是另外一个版本了，虽然了解到它是很久之后的事了。

　　关云雁："林泉这个人蛮好的，就是大大咧咧。她的袜子总是洗不干净，还放在暖气片上烤，结果在隔壁都能闻到味。"

　　"哦，还好不是放在客厅。"

　　关云雁："刚开始她就是放在客厅的暖气片上，还以为谁买了咸鱼呢。"

　　"一个带气味的故事。"

　　关云雁："她在卫生这方面确实不讲究，之前客厅的大冰箱，连大蒜都往里面塞，什么气味都有。还有，我的辣椒酱她们用了也不拧好盖子，我就自己买了个冰箱，后来赵宁也买了，客厅那个就林泉自己用。"

我既不能站队，也不能不认可她的观点，只能没话找话："哦，那个冰箱我还从没打开过。除了第一天煮了个方便面，我还从来没在这里做过饭。做饭挺麻烦的，大家的油盐酱醋放一起，如果把盐当成糖，把酱油当成醋就惨了。"

关云雁："住的人多了没法做饭。房东也不高兴我们做饭。"

从八达岭回来之后，关云雁就没那么"酷"了。为了感谢我们三个救场，她还请我们去国家大剧院看过一次歌剧。当时剧院正式启用不久，很多女孩前去打卡。起名叫国家的大剧院只有一个，我当然也想去。云雁讲过："我们来一线城市打拼为了什么？不就是享受小城市没有的资源吗？歌剧、音乐剧、话剧，可不是小县城能搞出来的东西，就是比一般的戏剧更能体现出文化层次。"

出地铁站后，大剧院的外观就震撼了我们。入口设在长安街上，对面是长长的红墙，要下穿一个环形的人工湖才能抵达"巨蛋"，烦琐的安检和验证措施这时却显得非常有仪式感，让人产生一种朝圣感。这可能是我们见过的最漂亮最大的单体建筑了。

取票后，才发现我们的票在二楼，市场价只需 80 元一位。

林泉悄悄对我说："云雁借花献佛，这是公司为客户准备的赠票。"

"赠票也不错啊。八达岭的活动本来也是工作上的事，不算占公司便宜吧？"

"没错。可公司给大客户准备的都是池座，估计云雁拿不到，所以我们只能坐二楼。"

对于我来说，坐在什么位置不重要，因为我根本就不懂歌剧："二楼视野好啊，方便拍照。"

"看这种演出不能拍照。"

"啊？哦。"

好尴尬，还好只是在林泉跟前出丑。她的糗事比我多，不用担心。二楼落座后，我发现任何一个座位都能看到演出区全景，并不会有遮挡，然而不同区域的票价从几十到几百、几千，差异巨大。所以这么多年来，每次购买这类演出票我尽量选便宜的，跟去电影院恰好相反。四人的座位是连在一起的，赵宁坐在最左边，然后是林泉和我，关云雁最右。

演出还没开始，大家便一句话也不敢说，担心被工作人员批评。歌剧毕竟是舶来品，跟本土戏剧不一样。看本土戏剧，大家可以喝茶，嗑瓜子，大声叫好，送花送礼，欣赏歌剧有什么规矩呢？我只从网上了解了一点点，反正不能吃喝喊叫。

开场后，林泉和我最担心的是什么时候该鼓掌，什么时候不能鼓掌。为了防止出错，我们总是慢半拍，等全场掌声响起才跟随。这种方式当然不会有问题，只是体验差了些。直到后来，有一曲《茶花女》中的"让我们离开巴黎"歌声落下，剧场内还没掌声，主要是女演员还沉醉在最后一个动作中，林泉和我正想着，这是演唱完了呢，还是句子之间的停顿？结果赵宁率先鼓掌，半秒后全场跟进，接着女演员鞠躬致意，我们才确认这首曲子真的结束了。

林泉悄悄对赵宁耳语："你怎么判断的？"

赵宁道："这个没什么的，经常看歌剧、话剧，就能分辨什么时候该鼓掌了。《茶花女》这段我很熟，所以今天认真看了字幕上每句话。"

我明白了，在座的大部分人跟我差不多，也不懂歌剧。虽然如此，云雁和我还是当作什么也不知道，继续正襟危坐。下一个曲目是《麦克白》中的"在这暗无天日的地方"选段，是个男低音。云雁终于忍不住对我讲了今晚第一句话："意大利语跟英语差距那么大，不看字幕，我真的一句也听不懂。"

为了表示对她的支持，我答道："京剧、越剧用汉语唱的，没字幕我也照样听不懂。"

全场掌声最热烈的曲目，除了最后的合唱及返场之外，就是一位女高音演唱的《游吟诗人》"宁静之夜……这样的爱情"选段。我也听不出好来，只是觉得高音的音色和花样更能吸引人。再看那介绍页，这位演员在封面合影上站位居中，想必是剧院的台柱子了。

我便在懵懵懂懂中看完了第一场歌剧演出。散场后林泉异常兴奋，仿佛经历了一场成人礼。赵宁比较淡然，就像小时候家里有游戏机的玩家，水平就是比别的小朋友高出一大截，气定神闲。云雁刚开始也兴奋，后来大概是看到赵宁很平静，话也就少了。她叫了辆出租车，自己坐在前排，方便跟司机交流线路和付账，自然可以少说话。只让林泉一个人讲话也容易冷场，而且显得很不仗义，于是我问了赵宁几个曲目上的问题，因为不懂这个也算不得丢人，至少不会像刘姥姥进大观园那样难堪。

这一来一回，大家的感情确实增进了不少。不过呢，我还是能感觉到关云雁在三个室友之间有明显的亲疏区分，她似乎更愿意和我交流。

有一次玩密室逃脱游戏时，她也很自然地要求跟我一组。我当时分析过，因为自己是新来的，又不是她们的同事，所以讨论一些话题相对安全。赵宁呢，跟云雁身材方面一个类型的，工作上也颇多关联，因此存在竞争关系。林泉就不用说了，南北差异、性格差异、生活习惯差异都表现在明面上，甚至嘴上。

半年后对朋友的看法一般会与第一印象大相径庭，甚至对相貌的看法也会改变。比如我刚开始以为关云雁是北方人，连带她裹着浴巾从浴室里冲出来的场景，也认为是北方人大大咧咧的表现。可是一旦熟悉了，知道她是湖南人，就会将她的各个方面往南方人的特点上去靠，甚至觉得她的鼻尖柔和了、腰也柔软了许多。

　　说起她的腰，还记得密室逃脱游戏的一个场景。由于剧情需要，好几个环节都要钻来钻去，爬上爬下。有次她已经在半空中了，转头对我说"托住我"，我只好伸出双手全力撑住她的屁股，之后又扶着她的腰。已经很久没有跟一个女孩子这么亲密了，她身高比我高了二十厘米以上，腰居然跟我一样细。下一个环节，她决定让我在前，"你更小巧，方便一些"，说着就推着我的腰把我送进了下一个秘密通道。刚爬了一半，里面竟然伸过来一只手，我尖叫一声，连滚带爬掉了下来。关云雁居然来了一个横抱，稳稳地接住了我。此刻的我浑身毛孔紧缩，头脑里想到却是那天晚上赵宁房间里的女人，"那个女人长什么样？"

　　关云雁的忽冷忽热让人很不适应，给人一种"有事说话，无事退朝"的生硬感。但她并不像林泉说的那样，要用人时才热情，她还是愿意主动交流的。有段时间她跟我话特多，刚开始我特别紧张，搞不懂什么情况，担心她喜欢的是女人。因为她的这些话题，似乎对男生倾诉更加合适。时间长了，我居然能从她的话语中听出几个带有湖南口音的词来。

　　她衣柜上还挂着一只爱马仕的铂金包，我看到后大吃一惊："你居然有这个？"

　　"假的。秀水街一千块买的。"

　　"啊？假的也要一千块？"

　　"当然，假的工艺也很复杂呢。"

"什么时候能用上呢？"

"唉，原以为能用上的，结果发现什么场合都不合适，过不了心理关。逛街时拎这个包不合适，社交场合更不敢用。"

"其实，我就是看不出包包真假来的那种。"我低声道。

"我也不太认得，但赵宁一看就知道是假的。她说没必要买爱马仕，没有一定身价人家也不信，买个LV（法国奢侈品品牌）之类比较合适。她逛过很多奢侈品店，比如香奈儿、迪奥。怎么说呢，有些东西，拥有之后才能分辨真假好坏。"云雁的这句话我惦记了十年，而且这个"东西"从物品延展到人，怎么套用都说得通。

我也分享了自己对于奢侈品的想法："我对包包没什么感觉的，就是在一家商场看上过一款鞋子，款式很简单的，但非常贵，Jimmy Choo（英国奢侈品品牌）的经典款水晶鞋。"

云雁："灰姑娘的水晶鞋，童话看多了吧？我的小白兔。Jimmy Choo有你的码吗？是不是该定做啊？"

"我了解过了，最小34码，还是比我的鞋码大一号。得垫个鞋垫才够得着。"

云雁的烦恼是不识人，总有人向她靠近，然而她却分不清对方的真正目的是什么，这种烦恼从中学时代到现在一直有。我觉得很好区分，不是骗财就是骗色，她又没钱。然而理论归理论，实践操作是另外一码事，她无法拒绝所有的"靠近"，小时候这些人可能是长辈、老师，长大后往往是领导、客户、师兄，似乎都不能得罪。

有一次云雁告诉我："公司的环境并不好，我得想办法换个工作。对于我这样没有任何背景的人来说，在国企工作不是一个好选择。八达岭那个会上，上海根角集团副总裁邀请我加盟他们公司。"

我："要去上海吗？"

云雁："如果加入这家公司，就要搬去上海。"

我当时的回应都是不疼不痒的："挺好的，上海比较适合女孩子，北京天气太干。"

云雁："现在的问题是我还太年轻，他们给不了我部门经理的位子，说是后续有机会。"

我："房地产跟 IT 不一样，他们的部门经理，怎么也得三四十岁往上吧？"

云雁："我就是想挑战一下自己。可人家说，部门所有员工都比我年龄大。"

我："根角集团很大吗？这个名字好怪啊。"

云雁："蛮大的，业务主要集中在长三角，准确地说就是上海跟环沪，所以公司名字取'吴根越角'当中的两个字，根角，因为吴越两个字肯定重名没法注册嘛。他们老板我也见过，蛮文艺的中年人，外强内柔的那种，一点儿也不油腻。"

我："吴根越角，不油腻，还外强内柔，像是猜字谜，让我想起了菱角。"

云雁："你是饿了吧？说实在的，我真想跳槽，现在部门经理，已婚老男人，四处撩人，搞不懂什么想法，真把我当'傻白甜'了。"

我："能举报吗？"

云雁："难，有些事很难定性，究竟是关心，还是越界，真的搞不清楚。有时稍微表现出一丢丢警惕，对方就道貌岸然，讲的都是长辈和上级该说的话，他们的认知和权力压得我透不过气来，好像什么事都没发生，让我怀疑自己多心了，误会他们了，还有一种负疚感。所以我经常想，惹不起就躲，大不了换家公司打工。"云雁讲这话时，眼神里充满了疑惑，双手搭在桌前，这是一种毫无防备的姿态。

"听你这么一说，我好像也有类似经历。"我意识到，出身普通的女孩子几乎都有类似经历，而赵宁这样的应该不太会遇到这些事。赵宁和关云雁的成长经历有何不同呢？我不能直接问，但是没有关系，只要有林泉在，总会了解个大概。

作为一个以女性为写作对象的编辑，我对这个话题还是很感兴趣的。之前有个客户，四十多岁，接受采访之后问了我一些题外话，然后开讲她自己的故事。大概就是小时候就遇到一些不好的事，长大后也避不开，创业初衷就是想逃避骚扰，没想到后来居然成功了。当然，这些不能写进文章里。

"你特别像我年轻的时候，又好看，又单纯，应该没有类似遭遇吧？"

她居然试探我。我摇摇头："兰姐现在也挺好看的啊，特别有女人味。把公司开在国贸，这是多少人的梦想。"

"什么国贸啊，北京人把这儿叫作大北窑，七十年前全是砖窑。我要像你一样年轻该多好啊。女人啊，就是容易留遗憾，年纪大了有钱打扮了，青春没了，年轻的时候又没钱。"

今天的化妆是否有缺陷？还是说自己的穿着太廉价，被对方看出来了？我下意识地摸了自己的脸，又看了看她。人家身上是香奈儿，最适合我们这种小巧女人的衣服，脚下是Jimmy Choo，就是我最喜欢的那种水晶鞋。

"我们这个新女性机构中，比较缺乏你这样的年轻女孩。有空可以多来这里坐坐，我们经常有读书会之类的活动。"

当我拎着一个印着她们机构名称的环保资料袋回到家，云雁一看到袋子就说："我知道这家机构，她们发展了很多女性会员。"

她看过资料后感叹道："她们做大了。先通过各种渠道攒会员，然后卖东西赚钱。"

"卖什么东西呢？"

"很多，比如化妆品、美容美发卡、衣服，只要女人用得上的东西，都可以卖。"

"这家公司的老板，一个四十多岁的女人，今天讲了很多跟你类似的经历，说她就是因为这个逃离职场开始创业的。"

　　云雁明白我说的是什么："兰姐？我在一个会上见过她。你在写她的故事？"

　　"被骚扰的经历当然不能写，写的是创业故事。"

　　"原来女强人也有这样的经历。"

　　"当然。成为女强人之前，她跟我们一样只是个打工女孩。"

上　地

　　"赵宁买的新房交房了，明天我们一起去帮她验房吧。"一个周末晚上，林泉兴奋地宣布，让我疑心买房的不是赵宁，而是林泉。

　　我："这么快就买房了？现在北京不是限购吗？"虽然之前就听说赵宁买房了，还是有些好奇。

　　"赵宁有北京户口的，人家一毕业就搞定了，家里出的首付。"赵宁还没回来，林泉放心大胆地爆料，反正也没什么不能公开的信息。

　　"人家赵宁的起点，可能就是很多职场人士奋斗一生的终点呢。"关云雁接话道。

　　我："这么厉害，房子的事，我连想都没想过。"

　　林泉："站在巨人的肩膀上啊，有些事，是出生的时候就决定了的。像我这种知青子女，退休的时候能跟人家拉平就算不错了。"

　　关云雁："我们四个当中，我的起点最低了，父母都是农民。"

　　我："可是，一点都看不出来啊，你身材体型这么好，长得也很洋气。"

林泉："这就是读书的好处，大家同样地上小学、中学、大学，经历相同，差异也就小了。"

关云雁："怎么也赶不上人家有个处长的爸爸。"

林泉："现在不当处长了，好像在他们省里的什么城建集团当老总，是国企，级别相当。"

我："那赵宁还在北京打工干吗？回去不好吗？"

林泉："那不行，他爸那边是国企，把女儿安排在身边不合适。人家啊，从小就开始运作了，肯定要让女儿到一线城市生活啊，或者出国什么的。赵宁上中学的时候，户口就迁到天津去了，然后在天津高考，考上了天津大学，妥妥的985，而且女承父业，学的是天大最热门的建筑设计相关专业。大学一毕业，就拿到了北京户口。"

我："当时你不是跟她一家公司吗？为什么她能解决户口，你不行？"

林泉："哦，我们那是民营企业啊，薪资不错，但没户口指标。我们老板蔡总是赵宁她爸的朋友，人家找了个建筑设计院帮赵宁挂户口。那家设计院又不赚钱，垂而不死，但人家有户口指标啊。我嘛，就纯粹打工，户口的事情就别想了。"

我："原来还能这么操作？这不规范吧？不过，你现在能落上海户口也不错啊。"

关云雁："只是一般老百姓家，通过购房落户政策把户口迁到天津去就算不错了。但北京户口多难啊，想都不用想，就算研究生毕业，不签个五年十年的国企'卖身契'，根本没可能。像我这种，一毕业，户口就从学校打回原籍了。"

林泉："其实你可以挂在其他城市啊，比如深圳、杭州，哪怕长沙也好啊。"

关云雁："当时我大学刚毕业，我爸就一农民，什么人都不认识，我不去人家那边上班，谁愿让我挂靠落户啊？"

听起来委屈得很，我跟她情况一样，只不过根本没考虑过户口问题。这大概是我们第一次讨论户口、买房这么现实的问题。其实讨论得也很清楚了，这两个问题很重要，可年轻的我还是没放在心上，以至于多年后还得为之烦恼。

赵宁很快就回来了，她很开心我们能陪她去验房。我们四个先在这套出租房中模拟了一遍验房流程，又上网做了些功课，自以为相当专业。

第二天，赵宁带我们去她的新房。

"天哪，这就是我每天乘地铁都能看到的那个豪华小区。"关云雁发出了惊叹。原来有同样的想法的不只我一个。

"哇，这小区一看就很高级。"这是林泉的赞词。从现在的角度看来，那个小区很一般，没有人车分流，绿化还不错，但算不上有什么明显的设计风格。不知为何，赵宁和关云雁两位专业人士此时一点也不挑剔小区的设计有什么缺陷，景观设计有什么不好。买房子大概跟生孩子一样，只要是自己的，怎么都好。

"欢迎回家！"物业人员向我们鞠躬，"请问哪位是业主？"其实她们眼睛都聚焦在赵宁身上了。为什么赵宁看起来就像业主？大家年龄差不多啊，她气场这么强？

"我，"赵宁递上了资料袋，"交接通知书、身份证、集体户口复印件、合同、发票，都在里面了。"

验完材料，交物业费，签字，领取物业公约、房屋使用说明书，还有礼品——一个印着"五谷丰登"的大礼盒，然后开发商就让一位师傅带我们去验房。

师傅四五十岁，皮肤黝黑，这使得他看上去比实际年龄更老。他见是四个女孩来验房，很是兴奋。小区很大，到中央花园时，他已经急不可耐地开始讲颜色笑话了。内容大概是他之前负责某个楼盘，里面有一个单元住的全是二奶，因为"老公"们不常在家，由于寂寞衍生出很多故事。我疑心这些故事是他自己编出来的。

开始林泉还应答他一两句，后来也懒得理，他自觉无趣，便打住了。

进门后，和我想象的很不一样，居然是毛坯房。我的头脑中新房都是样板房的模样，顶多没有家具和被褥。

我不禁脱口而出："啊？空房子啊，都没装修。"

关云雁："现在很少有装修好的房子出售的，因为大家对开发商的装修不满意。北京还好了，在我们老家，毛坯房连隔墙都没有，房子就是一圈外墙几根水泥柱子，这里还好，有马桶和洗手盆。"

师傅："你们先看看，要是发现有什么问题我可以登记一下，找维保工人来修修。"

林泉："师傅，按流程，不应该由您带着我们一项项验房吗？"

师傅："哦，我来验也可以，我们先看看房子有没有什么明显的裂缝。应该是没有的。"说着就带着我们到每个房间。北京的户型偏大，赵宁这套房子是标准的三室两厅两卫，却有一百四十多平方米。

师傅用手在隔墙上捶了捶："空鼓应该也是没有的。"于是我们几个四下散开，都用手去捶墙，捶得手直疼。

赵宁："师傅，您没带验房工具吗？橡皮锤、尺子和水桶什么的？"

师傅："哦，工具嘛，也是有的，那你们等一下，我去楼下拿。"

他刚出门，我们几个就嘀咕起来。

"太马虎了吧。"

"见我们几个女孩子，想糊弄我们。"

"哪有点大开发商的样子啊，人家都是好几个师傅一起验房。"

"自己都做房地产的，还不找个专业的师傅来验房。"

"嗨，求人不如求己。我们开发的房子也一样，有毛病就修，难道还退房啊？"

"网上说，重点是卫生间和厨房，看看会不会渗水……"

师傅上来后，用橡皮锤在每扇墙上都敲了敲，说："没问题的，都是统一浇筑的。"然后去洗手池水龙头下接了桶水，往地漏倒水。其中一个溢了出来，他便打开盖子，掏出了一些水泥块，然后就好了。

林泉："师傅，我们是不是该做个闭水试验啊？"

师傅："这个不好做的，你这个卫生间还要贴瓷砖，做淋浴房，防水肯定还要再做一层的，现在没有淋浴房，很难蓄水啊。"

林泉："就一桶一桶地接水倒在地面上，看看会不会渗到楼下去啊。"

师傅："不会的，卫生间都做过闭水试验的。渗水不渗水，可能要明天才能看出来，要是马上就漏下去，就是楼板的浇筑有问题了。再说，楼上也要同时做，人家漏到你下面来也不行。还是算了吧，装修的时候再试吧。万一渗水，也是维修，再做一层防水，总不可能把地板敲掉重新浇一遍吧？"

赵宁似乎被说服了，不再坚持闭水试验。

"师傅，阳台的移门好像有些问题，锁扣拧不上。"林泉终于发现了一个缺陷。师傅上前使劲摇了几下，结果塑钢门上掉下来一颗螺丝。"哦，螺丝没拧紧，没带螺丝刀，我登记一下。"

"哎呀，师傅，主卧的窗户好像也是坏的。"关云雁叫道。我们走进去一看，窗户上面开了，下面却是闭合的。

"不是坏了，窗户有两种开法，这是一种，转一半，如果转一百八十度呢，就……"师傅一边说一边示范，结果就卡在那里了，"就……全开。"他又使劲掰了一下，还是没开。

"师傅，肯定卡住了。刚才已经试过几次了，就是没法全开。"关云雁补充道。

"咦，怎么回事呢？"师傅又用力拧了一把试试，似乎用尽了全身力气。结果"啪"的一声，把手掉了下来。

"啊？师傅，这塑钢的东西，质量也太差了吧？为什么不用铝合金呢？"赵宁有点不高兴了。

"现在都是塑钢的，跟铝合金一样耐用，铝合金也有坏的。没关系，小姑娘，我登记了一下，明天就找人修好。还没开始装修嘛，不耽误的。"

大家正准备结束验房，这时我也找到了一处瑕疵："阳台有块墙砖裂了，要换掉。"

赵宁："啊？"转头去找师傅，"师傅，这个有点说不过去了吧？这么明显的问题，验房时才发现啊。"

师傅只好答复道："我记录一下，按说是不应该的，贴瓷砖的时候就应该换掉。"他又总结道，"小姑娘，没关系的，以后住进来发现这样的问题，一样可以修，保修期五年呢。"

林泉："那可不行，住进来就说不清了，开发商会说是自己装修的时候搞坏的。"

师傅一边领着我们乘电梯下楼一边说："没关系的，这个小事。最重要的就是你们关心的两个卫生间会不会漏水的问题，管子和防水都是埋在里面的，到时候还要改造的，装修前、装修后都让工人好好检查一下，这么看看不出来的。新房子的下水管道跟人一样啊，小姑娘家，表面上看起来都是漂漂亮亮的，等到洞房花烛夜，才会发现问题的。"

我们四个一时没反应过来，等出了电梯，才陆续意识到他在"开车"，这不是对我们四个女孩公开的性骚扰吗？我和关云雁对视了一下，确认她也是这个看法，然后看赵宁什么态度，赵宁又面无表情地对林泉递了个眼色。林泉对那个师傅的背影说了句："你先回吧，我们几个再上去看看。"说完就领着我们三个回到了赵宁的新房里。

"这件事不能就这么算了。"林泉说道。

"还没进这个房子的时候，他就开始说荤段子了。等我们提了几个问题，不耐烦了，什么下水管道跟人一样，表面上看起来漂漂亮亮的，等到洞房花烛夜才会发现问题，分明就是性暗示，影射我们。"关云雁非常愤怒。

虽然我比较迟钝，这时也感觉有问题，于是问她们道："现在怎么办？这点事总不好报警吧？"

林泉："报警不是不可以，但没必要麻烦警察，适当惩罚他一下就好。比如说赵宁可以向开发商投诉。"

赵宁二话没说，便拿起手机拨打了电话，接电话的是位中年女士，对方表示将尽快调查，给我们一个明确答复。

接下来我们要回家了，关云雁和林泉又开始讨论这个男人会不会因为我们的投诉跑来纠缠。

关云雁："他不会等在小区门口吧？"

林泉："他敢，来道歉还差不多。"

话虽如此，不管什么原因，我们都不愿意再见到那个男人。如果不投诉，就没这些担忧了。我们心里又多少有点后悔，毕竟多出来一件事，是不是小题大做啊？

关云雁："要是不投诉，下次碰见他，八成还会讲那些东西。"

赵宁："小区东门也开了，我们又不搭地铁，从东门打车回去更近，还能顺便看看其他楼栋。"

刚回到住处，赵宁就接到开发商的道歉电话了。对方说正在对那位师傅进行严厉批评教育，并调离岗位，公司会举一反三，防止类似事情发生。然后又宣讲了他们的企业文化，说会对合作单位也做同样的要求等等。最后为了表示歉意，开发商说会帮赵宁免去半年物业费。

事情完结，比我们想象的简单。

自从知道赵宁家就在公司附近，我每天上班用眼过度时，就抬眼望望地铁对面那个小区，寻找其中哪几个窗户属于赵宁。几个月后，我的视力居然有所提升。

赵宁说她爸安排了施工队装修，不知工人是否靠谱，但是她也不用操心，有我这台"望远镜"监工就好。

有一次，赵宁问我："我们那家广告公司跟你合作得怎样？"

我："合同签了，我已经交过好几份稿子了。"

赵宁："挺好的。"

我："多谢多谢！这是我头一回为公司拉来业务，部门主管和老板都很开心。"

赵宁："其实，这样的项目你可以自己做的，不必通过公司。你看，文稿是你写的，投放资源也在你手中。整个流程可以跳开公司，利用自己的业余时间做。"

我："啊？我都没想到这一层。可对方总不至于跟我签合同吧？"

赵宁："有什么关系？你可以自己注册一家公司，有单子就做，没有就空在那里，小微企业还有税收优惠。"

上班和上学差异巨大，感觉就是数不清的麻烦事等着自己去处理，跟写作业有所不同的是，工作的事都是跟人打交道，而人的行为不像数理化有规律可循，也不似文史哲有据可考，总是会出现各种状况。这些状况有些对事，有些对人。对于年轻的职场女性来说，得到异性领导和同事的热情帮助也是常事、常情，不过伴随而来的，也有些说不清、道不明的纠葛。

IT部门的领导——刘雷，就是那位刚来北京时住过翠微宾馆二部地下室的男人，这时就给我带来了很大困扰。

刚开始我对他印象还蛮好的，兄弟部门的领导嘛，管不着我，还能给予一些帮助，多好。他精力充沛，每天来得早走得晚，典型的"996"，在部门领导中并不多见。他负责IT支撑部门，对互联网业具有特殊重要的保障作用，等同事们都回家了，自己再下班总要放心得多。碰到节假日，他还要安排人员24小时轮班。据说他还是个离婚男，三十多岁，正好大我一轮。额头油亮，发量也不多，可能与荷尔蒙分泌过多有关。

平日系统不升级，网络没故障时，作为领导的刘雷闲得很。特别是晚上，公司里没几个人，他守在电脑前百无聊赖，就开始给我发信息。

我作为新员工，怎么能不回领导信息？况且他对我帮助确实还蛮大的。我作为电脑小白，又要从事互联网行业，难度可想而知。硬件，网络设置，操作系统，各种应用比如PS、H5等，对他们来说很简单，对我则是老大难问题。刘雷要么安排手下帮忙，要么亲自出手，使得我在IT方面没有浪费时间。可见有平台有团队多么重要。

开始的话题只与工作相关，稀松平常："夏凡，你去吃饭吧，我找人帮你弄好。"慢慢地就不同了："夏凡，我们去吃饭吧，有人会帮你弄好。"再往后就是"夏凡，别弄了，我们去吃饭"。每次都是吃饭，大概IT男也只懂得安排吃饭，于是吃饭也成了一种负担。我不想留下来加班，更不想跟这个M型发际线的男人吃晚饭。我对他油亮的额头尤其反感，觉得那是一种进攻性的表现。IT男的生活习惯不好，桌面乱糟糟的，衣着也不讲究，给人的感觉是人很不清爽。况且他年龄比我大这么多，话不投机半句多。不知道他为什么对我感兴趣，反正我对他一点儿感觉也没有。

云雁她决心要去上海了，虽前途未卜，总比当下的"半死不活"状态要强。她说的"半死不活"有两层意思，一层指的是职业发展，工作很累，得不到充分认可，虽然还年轻，但看不到任何晋升通道。

第二层意思她表达得比较隐晦，当时我还不能完全理解，现在回想起来会更清楚些。云雁在公司里遭遇的骚扰不止一起，另外还有来自合作伙伴的骚扰者。这种事情如果没有有效回击的话，结果就会变得很微妙。不管是男同事，还是女同事，都会觉得女方也有一定责任，"人家为什么不找别人，偏找你呢？"如果坚决回击的话，又会闹得沸沸扬扬，作为一个女孩，很难做出适当的反应。群发邮件举报？不妥。告知高层领导，似乎也不妥。联合公司女性一起反对？以云雁的性格，她跟女同事的关系更紧张，所以也无法操作。所以呢，这个事无论怎么处理，横竖都是输，倒不如一走了之。除了显得不够勇敢之外，并没什么损失。

我跟关云雁的共同话题就是性骚扰。当然，职场性骚扰只是现在的总结，我们当时并没有清晰地提到过这个词，只是交流各自的烦恼而已。当时具体交流了哪些内容呢？已经不清晰了，只记得就着这话题，讲了很多超越交情的隐私和想法。幸好后来我们的交往年限比较长，当年的交流才不至于显得突兀。

"我应该去一个尊重女性的环境里生活。那个根角集团，我刚见过他们老板娘，感觉她在家里很有地位的样子，她老公绝不敢，也不会在公司乱搞。她说：'小姑娘啊，来上海啊，我们业务发展很快的，公司的氛围也很好的，有空来家里坐坐哈。'你看看，有几个老板会邀请员工到家里去做客的？我觉得在上海家庭，女人的地位就是高，在公司也差不了。"

我遇到的情况不如云雁严重，也没想换工作，怎么解决我的烦恼呢？

"你可以带男朋友，或者带个男同学冒充男友去公司晃一晃。"云雁提示道，她知道我没有男朋友，所以后面补充了一个"或者"。如果直接说带个男同学冒充男友就太直白了，还是要给点面子的。这句话定位了我们之间的关系：可以相互吐露一些隐私，但不是核心秘密。

"管用吗？"我问道，意思是问她尝试过这个办法没。

"这招对你可能管用，对我无效。你在公司的人设是'小白兔'，大家乐于帮助'小白兔'。有了男朋友，等于宣告了主权，别人再来挑逗你，就违反了'国际公约'，对方会有所顾忌的。"

人设？这个词听起来不舒服，我从来没想过要给自己定什么人设。照她的意思我本人并非"小白兔"，而是装出一副可爱和楚楚可怜的样子？生活中的脾气和性子谁会在工作中表现出来？不过呢，她讲这个不是为了讽刺我，还是为我着想的，就不必介意了。

话说得有道理，但是上哪去找"临时男友"呢？一时半会儿没想法，我在思考这招为什么对云雁无效。假如云雁带人去公司，宣告这人是她男友，别人一定以为她的私生活很乱，为什么会有这样的印象？她除了长得比较好看之外，有什么过错吗？由于合租房禁带异性入内的约定，我们很难了解各自的情感状况。云雁每天都回家，说明她即便有男朋友，也不是稳定关系。

总之，这个问题还没搞清楚，云雁就要搬去上海了。

我们房子里终于出现了一个男生，斯斯文文的，周五下班后来帮她打包行李并托运。

"苏源，也是在上地做互联网的。夏凡，我们的室友，她很可爱的，你们应该算同行吧，我可是一点都不懂。"云雁介绍道。我们相互点头，就算是认识了。

没想到一个房间里可以装下这么多东西。我也不得不参与了进来，最终云雁的行李一共打包了十四个大纸箱。快递公司上门取货完毕，已经快十点了，云雁请我们去消夜。

"房间退了，今晚你住哪？"苏源问道。从这句问话基本可以判断他们并不是亲密关系。

云雁："啊？我没想过这个问题，找个快捷酒店住一晚吧，明天就去上海了。”

　　我："要不在我房间对付一晚,床挺大的,省得跑来跑去了。"

　　云雁："好吧。不过我晚上睡着睡着就横过来了,呵呵,怕影响你休息。"

　　我："没关系,就一个晚上而已。"

　　苏源："上海的房子租好了吗?"再次证明他俩不太亲密。

　　云雁："可以先在公司自己开的酒店免费住三天。房子应该很好找的。"

　　我："在上海什么地方?"

　　云雁："苏州河边,属于静安区。"

　　苏源："你们有微信号吗?"

　　"还没呢,听说比移动的飞信好玩。"

　　"我来帮你们装。"他接过我俩的手机下载软件,三人互加微信。

　　苏源还给我们三人建了一个小群,不过我们从来没在这个群里说过话。

　　云雁后来又让林泉和赵宁安装了微信,然后建了个四人群,叫作"租房四人组"。林泉说不好听,让我想个名字,我便简单地改成了"租房子的女人",结果群名一直用到现在。

　　晚上云雁睡得很小心,床铺也比较大,一个人一条被子,基本上两人挨不着。可能两人都累了,一觉到天亮,并没有出现她说的那种情况，她也没磨牙和说梦话。

早晨起来，我们都意识到这是轻松的一天，幸福的周六，便半躺着聊天。云雁的高铁是中午的，她说自己从来不选早上开启长途旅行，怕累。

"幸好昨晚没去住酒店，我会怀念这所房子的，当然也会想念你的。"说完她还对我俏皮地眨眼睛。

我："你还会怀念小区门口那个做煎饼馃子的小车，还有水果店，还有这里的一切，也同样会想念赵宁和林泉的。"

云雁："我才不想念她俩呢。林泉总归要回上海的，赵宁呢，马上也要去上海工作了。"

我："赵宁也去上海？"

云雁："升迁了啊，回总部机会多。"

我："她刚在北京买房子呢。"

云雁："有什么关系，以后在上海也可以买房子啊。公司正在开展海外业务，人家还计划过几年到国外去工作、定居呢。"

我意识到跟云雁的关系在临别一刻又亲密了许多。正想到这儿，她突然来了一句："没想到你个子小小的，胸却一点儿也不小。"

没料到她说这个，我既惊恐又暗喜，下意识地把被子往上拉了拉。

早餐我们还是买了煎饼馃子，不过馅料跟平时正好相反，云雁选的油条，而我选的脆饼。通过交换食物爱好来表示友情进一步加深，女生之间就是喜欢玩这种小游戏。

一小时后，我和赵宁、林泉一起送云雁，她拖着行李箱到小区大门乘出租车，大家拥抱之后，云雁上车了。

那时我便笃定会将她们三个一一送走，最后就自己留在北京。

云雁去上海后没两天，我就收到苏源的微信，约我去吃饭。

"怎么IT男就知道约吃饭？挺有意思的。"见面后也这么问他。不知自己此刻说话为何如此放松，居然没什么顾忌。

"哦，其实我也看过话剧。"

"哈哈，想摆脱这个印象就提话剧，简直一模一样。"

"哦？之前也有人这么说？"

当然，那些年最时髦的事就是说自己周末要去看话剧，电影院和餐馆都说不出口，似乎只有这样才能体现出自己是个有文化追求的人。可我不想继续这个话题，于是问我关心的："你怎么认识云雁的？"其实我想试探的是"你和云雁是什么样一种关系"？

"他们公司总部在上海，北京分公司IT这块是外包给我们公司的，驻场服务，当时我刚毕业，电脑、网络什么的都是我负责。"

"天哪，你们IT男都是这些招数。"

"什么？又是招数？"他有点疑惑。

"就是通过女孩不擅长的电脑啊，网络啊来接近我们。"

"我觉得这是一个很自然的过程，专业的人做专业的事啊。"

"难怪你要帮我们安装微信。"

他居然脸红了："其实，我和云雁是普通朋友关系，就是比普通朋友熟一些。"

天哪，他在说什么？如果他们是男女朋友关系，我们坐在一起吃饭算什么？！就算是，这时候也不能承认啊。不过我还是很想听他讲下去。

"云雁的性格，你懂的，在他们公司比较孤立。"

"什么？我懂的？我并不是很懂她。"

"云雁提到过你，虽然只是合租，也算好朋友了。只是认识得有点晚，她马上要去上海了。她这个人没什么朋友的。"

"不是还有你吗？"同样是一句试探的话，我自认为问得很巧妙，其实也给对方带来了相关信息。

"云雁只是跟我聊得比较多。"

"跟我也一样。"

苏州河

云雁在微信上说她在苏州河边租到一处好房子，离公司很近，楼层很高，能看到苏州河以及一些上海的标志性建筑。

"我跟你说，上海人出租房子，租都不叫租，叫借。开始我还以为他们大方，不要钱，要借给我住呢。后来才知道，他们的租和借是一个意思。后来我去查字典，上面说古时候还真是一个意思，真是奇了怪了。"

我也是头回听说，觉得有意思。不过想起向银行借钱也是要付利息的，就好理解多了。

"我还去过老板家吃饭，老板娘邀请的。"

我回道："老板娘挺亲民的嘛。"

云雁："在北京就见过嘛，她挂名财务总监，其实不管事，对公司里的女员工特别好。他们家的新别墅占地面积有一千多平方米，院子里能踢球。老板娘说让我帮她做做庭院设计。"

看起来开局不错，挺滋润的样子。人的状态都体现在语气里，云雁语言中透着一种"农奴翻身做主人"的轻松感。我："不错，这一跳槽，直接交往公司高层了，现在是老板的老板请你吃饭啊。"

云雁："老板娘蛮会过日子的，活动安排得很丰富，不过老板没时间陪，同龄人、亲戚都信不过，她就找公司里的年轻女孩陪她逛街、旅行。"

我："她为什么信不过熟人，反而相信刚认识的员工？"

云雁："以老板娘现在的经济地位，来找她的人都冲着钱来的，亲戚、朋友、熟人都一样，要么借钱，要么来拿项目。只有员工不敢，还对她毕恭毕敬的。"

我："这就是传说中有钱人的烦恼吗？"

云雁："当然。不过我总觉得，老板娘看起来显老，不太配得上老板。老板不愿意跟她一起出去玩，可能也有这个因素。老板娘很舍得在自己身上花钱，什么美容美体的年卡，都是超级贵的，还有很多限量款、定制款的包包。以后要跟她一起去逛街，我也得给自己选个包。"

一周后，云雁兴奋地告诉我，她要去买一个真版 LV，今后跟着老板娘逛街，再也不用担心丢面子了。得到这个消息后，我的心情不是太好，是不是也得有个名牌包呢？大学毕业时，父亲说托人去香港出差时给我买一个 Tory Burch（美国奢侈品牌）的包，也就两千块左右。现在连北京都有 Tory Burch 专卖店了，还是没买成。我更没敢对他说自己想要的其实是一双 Jimmy Choo 的水晶鞋，所以还像大学生一样拎着个粉红色的小背包，穿着运动鞋。

云雁："有空来上海看看我啊。就住我这边。"

我："好的。"其实我对她的邀请不是很兴奋，现在云雁接触的人的层面，用的、住的，都比我高了一大截，我怎么开心得起来呢？况且，我暂时没有出差机会去上海。

我们三个当中，第一个在上海见到云雁的是赵宁。因为赵宁要调到上海总部，过渡期她来回跑了好几趟。不过她不需要住在云雁的房子里，他们公司差旅标准颇高，对赵宁来说，她跟云雁并不那么贴心，直接住静安寺边上的酒店多自在方便啊。

赵宁回到北京后，问林泉道："你了解长寿路那一片吗？"

林泉："了解一点，上海娱乐业最发达的地方。"

赵宁："嗯，所以我觉得关云雁不应该住在那里，即便是离公司近。我听说那个小区住了很多夜总会从业人员，每天凌晨三四点后才回家，晚上才出门。"

林泉："所以那些女孩子长得白啊，基本上见不到阳光，白得没血色。云雁怎么租了这么个小区？"

赵宁："她可能不了解吧，毕竟刚去上海。不过小区离她公司近，只要自己不介意，就没关系。"

林泉："呵呵，可是以云雁的容貌，如果穿得少一点，人家还真不知道怎么想。"

我："气质不一样的好吧。作息时间也不一样。"

林泉："多数人没心思去了解这些，只要单身女孩住那个小区，就有人往歪处想。"

果然没过多久，云雁就自己意识到了这个问题。不过她一副满不在乎的样子："之前在北京，公司里这么多人诋毁我都不怕，到了上海，干吗要在乎路人的看法？这里的人不太愿意管闲事，至少不会在公共场合讨论这些。他们要以为我是夜总会小姐就让他们去想好了，没准哪天我真的想去兼职体验生活呢，哈哈。"她居然这么敢说。

云雁敢说，我不敢接话。苏州河、长寿路，这么好的名字，在我头脑中居然留下了如此印象。

"云雁向来胆子很大，"苏源告诉我，"她不想被一般的规则约束，喜欢标新立异。"究竟有何种表现？他没有接着说，我也没敢问。幸好除了云雁，我们很快找到了别的话题。

赵宁北京的房子还没装修好，就正式调到上海工作了。她上班和租住的公寓都在中环到长风公园之间，碰巧的是，也离苏州河非常近。

"夏凡，快来看，快来看，我在阳台，晚几秒就没了。"赵宁搬走的那一天，她刚出门一会儿，林泉就大喊道。

"什么事？"我立即放下手中的电脑，往阳台奔去。顺着林泉的手指的方向往小区大门望去，我看到赵宁的后背了，旁边是个短发的假小子，后脑勺远远地看起来很突兀，个子比赵宁还高，还瘦。

林泉："她男朋友。"

我："女朋友吧？"

林泉："都一样。说男朋友更好理解一些。"

我："就是说，赵宁是更女性化的那一个？"

林泉："当然。赵宁之前谈过真正的男朋友。"

我们这几句话没说完，她们就被小区第一排楼房挡住了，消失在街角。只看到一个背影，跟密室逃脱时大脑中一瞬间晃过的幻象很不一样，当时应该还是个女性化特征比较明显的形象，类似云雁。人的记忆常会自我修正，没过多久，梦中那个幻象，就变成了一个坏坏的假小子。

林泉借着公司出差机会经常往上海跑，约赵宁和关云雁一起吃饭。

林泉说："她们两个虽说都在上海，我不去的话，她们还碰不到一起。第一次是云雁请客，在静安公园里面的一家东南亚餐厅，景致蛮漂亮的，不过听说静安公园之前是租界的坟山。第二次赵宁请客，选的桂林公馆——黄金荣的私家花园。她知道这个地方，是因为公司之前搞过高端商务宴请。这里不能点菜，全部需要预订，人均餐标上千，最低好像也要七八百，一顿饭下来抵上一个月房租呢。不过还好，人家赵宁都可以报销的。结果云雁心里不平衡了，她说改天一定要去外滩的'空蝉'日料餐厅体验一次。呵呵，这俩都是高消费的主，轮不到我说话，就跟着去尝鲜好了。"

林泉提到的三家餐厅，后来我都去过。第一家还在，不过换了老板，店名也改过几次，依旧主打东南亚菜系；桂林公馆很快就因为清理风景名胜区高端餐厅而改制成公园茶馆加定食餐厅了；至于那家"空蝉"怀石料理，是后来创业时请一家重要的合作伙伴客户去的，究竟云雁有没有去过，就不得而知了。

云雁了解到赵宁租住的公寓相当豪华，立即换了一个房子，本来大家就建议她换。大概是受到影视剧的影响，她沿着苏州河往下，租在著名的河滨大楼，一个小单间。

"这种房子中看不中用，住起来大概也不会舒服的。还好地铁比较方便，倒一趟车四站就到了。"林泉事后评价道，她始终很难认可云雁的选择，"不过那里离七浦路批发市场比较近，买衣服比较方便。"实际上云雁根本就不接受七浦路的服装："人家赵宁的一件三宅一生的裙子就一万多了。"她也想提升自己的穿衣品位。林泉对赵宁的这条裙子也颇有微词："那么贵的衣服，远远超过了我们的消费水平，就两块皱巴巴的塑料布缝在一起啊，七浦路到处都是，五百块可以买好几件。我就不信街上的人能看得出来。"

"街上的人当然能看出来，只是人家不愿意说而已，林泉穿着仿冒的三宅一生，拎着假的 LV 老花包上街，那气质真的像上海闸北（现已并入静安）、虹口的里弄钻出来的大妈。哈哈，真的像她的大姨。"云雁有一次这么形容林泉。

"我该减肥了。"林泉一直这么说，却从来没实施过。其实她的体重一直保持稳定，"微胖而已，只是脸大"，她对自己的形态有清楚认知。

云雁在河滨大楼只住了一个月，就搬到附近的一个"正经"小区去了。"河滨大楼那地方还真的不适合长住，都是民宿，整天人来人往的。风景也看腻了，无非如此。知道吗？我独租了一套两居室，不想跟别人合租了，独自占用一套房子的感觉真好。公司房贴涨了，我不想占公司的便宜，专款专用，全拿来租房了。万一公司来个人，也不会觉得我住得太寒碜。你有空来上海玩吗？有单独的房间，住多久都行。"

这次接到云雁的邀请，我开始真正考虑去上海玩。其实在前几个月，我就对上海这个城市有一些兴趣了，因为她们三个都跟上海有莫大的关系。上海什么样子？电影里的老租界、黄浦江、精致的咖啡屋、时尚的打扮……都对女性有特殊的吸引力。此时，我在北京的周末和节假日生活有些无聊，回龙观的合租房气氛大不如从前，林泉也准备回上海，经常出差，新进来的两个女生与我性格迥异，跟我没什么话说，大家都把自己锁在房间里。

于是我趁国庆长假去了一趟上海。

"陪我去买LV。" 在云雁的房子里待了不到半个小时，她就要带我去逛街，这让我疑心云雁邀请我来上海的目的。不过也好，本来我想给她带点礼物，冲抵这几天省下的酒店费用，这下可以免了，因为我还充当了陪购的角色。

"真买啊？很贵的。这么急？"

"当然，老板娘临时约了我明天去她家，下午陪她逛街。明天要怠慢你了，白天自己活动哈，明晚约了赵宁，我们一起去酒吧。"

这家 LV 专卖店在南京西路的恒隆广场。地铁里，云雁一直兴奋地给我描述她看好的那款包包有多漂亮，可我的想象力有限，无法在脑中 3D 打印出这款包包来。"我已经看过好多次了，今晚就要拥有它了。"她的表现就像个孩子，我也很乐于看到她愿意将这么隐秘的感受暴露在我跟前，就像我是她的男友或者父母一般。

云雁直接领我来到那个专柜，指给我看她相中的包包。我立刻惊叫道："哎呀，好漂亮啊，这花色跟你的气质很搭。"这并非一句例行恭维的话，而是真心觉得这只 LV 的花色跟云雁很配。它不是棕色的 LV 老花，而是橙红白三色的小碎花贝壳包，仔细看那花朵才发现也是 LV 的 logo（标志）构成的，既内敛又不失大牌风范。又因为是限量款，市场上绝不会出现假冒仿品。

走出 LV，云雁对我说："现在我们可以放心大胆地去逛其他店铺了，除了爱马仕。"

"为什么？"

"上次赵宁说过的啊，爱马仕没必要啊。"

　　我赶紧上网搜索了一下爱马仕的价格，明白了，云雁的意思是，拎着 LV 的袋子就表明我们不是穷人，可以放心大胆地去逛奢侈品商店了，不过呢，爱马仕在奢侈品中还是傲视群雄，拎着 LV 还是没胆进去。

　　我也乘机去看了 Jimmy Choo 的鞋子。这家店居然有全智贤在《来自星星的你》中穿的同款亮片 34 码现货，店员说查了库存，就这一双了。

　　云雁道："赶紧，买它。"

　　我怎么买得起 Jimmy Choo？于是悄悄地回道："太贵了。"

　　云雁："卖完就没了。"

　　我还是觉得太贵，买一双鞋子，得还半年信用卡呢，于是推脱说："其实我应该穿 33 码，34 码的得垫厚厚的鞋垫，容易摔跤。还是去定制吧。"

　　结果店员听到了，上前来告诉我们："我们大部分鞋子都可以定制的。"

　　我只好红着脸问："定制的话要多久？"

　　"因为在意大利生产，一般需要六个月。不过没关系啊，很多女孩子都在我们这里定制婚鞋。"

　　"哦，时间太长了，我……不是要买婚鞋。"声音越来越低，低到自己都听不见。

　　一圈逛下来，肚子饿了，正在兴头上的云雁决定请我吃顿好的，去对面的梅龙镇酒家。等候上菜的间隙，她将 LV 从防尘袋中取了出来，拍了几张照片，一边拍还一边笑。不知发到哪去了，这么开心，反正朋友圈里没看到。

"买奢侈品这种事不能在朋友圈炫，因为同事太多了，不能让人觉得我太物质。不过最近我报了个女性哲学班，说是学哲学，其实里面全是富太太。有钱人不是想让他们的老婆学点什么，而是让她们有点事做，或者说头脑中有点约束，免得大手笔地把家败光了。我们的群从来不讨论哲学问题，全都是些好吃好玩的照片和视频，比如今天张姐在哪吃到格鲁吉亚菜啦，明天李姐学习瑜伽了，后天王姐说她学做一种新西兰奶酪，还有就是晒各种包包和衣服。群里就我最穷，但也有一项优势，就是最年轻。今天买了 LV，怎能不炫耀一下？"

"拍照是不是应该把吊牌取下来啊？"我提示道。

"才不要，就是要告诉大家刚买的。"这时云雁突然花容失色，"哎呀，吊牌上标价的那半边怎么被她们撕了？"

"啊？为什么要撕掉啊？"

"好像只有奥莱折扣店才会撕吊牌。"

我不太明白，"折扣店为什么要撕吊牌？"

"当然是怕别人知道它们的折后价格啊。这个包包不会是有折扣的吧？我可是按全价买的。"

于是我们俩立即用手机上网查询。

"网上说 LV 从来不打折，只涨价。"我确认了这条信息后赶紧告诉云雁。

"嗯，我在查，好像 LV 从来不进奥特莱斯，至少在国内是这样的。这么说来，她们不会在价格上做手脚。"云雁也在找理由安慰自己。

"这些店员真是的，人家花这么多钱买你的东西，干吗连吊牌都撕掉啊，搞得人心惶惶。连优衣库打折款的吊牌都不会剪掉，价格标签撕掉一层还有一层，原价是多少，第一次折扣价、第二次折扣价都是可以看到的。"

菜上齐了，云雁也没胃口，还是决定等下回恒隆广场去问个究竟。我们简单扒拉了几口，就结账了。为什么会为了一件不愉快的事，就放弃眼前的美好呢？人的情绪真是很奇怪的东西。从梅龙镇酒家到 LV 专卖店，距离肯定不到三百米，云雁犹豫了好几次，"我们这么跑回去问，人家会不会觉得我们很小气？"

"奢侈品也是商品啊，消费者有疑问还不让问吗？我觉得不用考虑太多。"

"这样别人就知道我是第一次买奢侈品了。"她终于说出了自己的担忧，委屈的神情里，再也找不到一丝平日的自信。

"有什么关系，我还从来没买过呢。人家都是男的给女的买，我们自立自强，还有什么可怕的。"我知道云雁不是要跟我比，然而也没有其他办法让她好受一些。如果不问清楚，她今晚大概率要失眠。

"唉，我真惨，好不容易买一样好东西，要么怕别人歧视，要么担心被人坑。"

她的情绪好低落。照我看，这包还不如不买呢。在我的鼓励下，我们再次走进了路易威登专卖店。我找到了那位店员，问她吊牌为什么要剪去价格。这时一旁的云雁脸色苍白，一点表情都没有。店员不慌不忙地解释道："这是惯例，你看我们这里每件东西的吊牌都有一条虚线，就是为了方便出售时撕下来。因为我们的价格有时候会调整，经常涨价，所以剪去价格牌是正常操作，如果你之前买的没有剪去价格，应该是忘了。销售价格以系统为准。"说完她又从销售终端设备中调出了这款包包的价格和图片给我们看。不愧是奢侈品店的销售员，非常自信，她一点儿也不觉得理亏，讲话一板一眼的，笑容也很自然，让人觉得是发自内心地为顾客着想。看到了销售系统中的价格，云雁似乎放心了，便向店员说了谢谢，拉着我离开。

出了恒隆广场，她咕哝了一句："嗨，害得我连饭都没吃好，可惜了一桌菜。"是啊，如此丰盛的一桌饭菜，就这么浪费了，后来懊悔了很久。

结果回到家，云雁又给我看一条前不久的社会新闻，说是某奢侈品商家挖出了内鬼，在专卖店里夹带假货销售，"也就是说，品牌专卖店也可能卖假货，甚至半真半假。你说我这个包包会不会是假货啊？"

"不可能吧？"我也连忙去找这则新闻，"作为曾经的媒体人，我觉得读这种报道一定要有批判的眼光。首先，写文章的人懂奢侈品吗？他的调研详细吗？数据真实吗？很可能就是个噱头，半真半假的不是包包，而是他的信息来源。这个记者懒得深入调查，或者根本没这个能力，所以编不出文章来，为了赶时间东抄抄西摘摘。抄也不是那么好抄的，其实大部分内容都是臆想，被他夸大了。专卖店的内鬼肯定有，但比例很小，混入假货的概率应该非常非常低。我们要是能买到，等于中奖了，除非对方看准了，就是要卖给我们。你觉得今天这个店员会做这样的事吗？"

"她应该能看出来，我是第一次买这么贵的包，假货不给我给谁啊？"

云雁这么说，我居然无言以对。一时半会儿安慰不了她，当然也没完全说服自己，我就把那只 LV 翻来覆去看了几遍，找各种细节，比如线头、标牌之类。唉，给商家担保，是不是吃错药了？我开始怀疑自己是否犯了方向错误，可又无法把话题圆过来，只好尴尬地坚持。

"这包怎么看都不像假的啊。我见过假包，做工差异很大，你看看这五金件，还有皮革，怎么可能是假的嘛。"

"网上说，有些 A 货做得跟真的一样，根本看不出来。前段时间不是还有个新闻说意大利有个品牌的工匠偷了皮革和五金件，偷偷做了几个拿去卖掉。这种我们哪看得出来啊？"

"哈哈，原厂的工人、原厂的件，做出来不就是真的嘛，就是没有入库，没有走它们正规渠道销售而已。这个不叫假包。"我也看过这条新闻，看来这种事不止国内有，在欧洲也有。

"算了，这个可能性很小，我担心的是买到高仿 A 货，店员把真的给掉包了。"

什么叫高仿？估计从未买过假货的人也看不出来吧，这个世界真是太考验人了。在这个问题上纠结不会有结果的，我想了想，答道："云雁，其实今天的主要问题，就是她们把吊牌上的价格给撕了，我们去网上查一查，看看其他人有没有类似经历不就好了？"

可是网上关于 LV 撕价格牌的信息非常少，云雁和我找了两三个小时，困了，睡了。看来消费上有些纠纷的解决，就是靠时间磨，累得没脾气了，顾客就放弃了。

第二天，我在床上"躺尸"到中午，胡乱吃了点东西，下午去苏州河边散步，回去时，云雁已经在房间里了，似乎趴在床上生闷气呢，那只 LV 掉在地上，看上去是被她自己摔的，里面的口红、化妆棉都撒了出来。

"云雁，发生什么事了？"

"别提了，今天去老板娘家，因为这包又被气到了。"云雁见我回来了，起身整理头发，同时叹息道。这时我才发现，不只是包包被摔在地上，房间里很多物品都七零八落的，像是遭了贼。第一次见到女主人折腾自己的房间，视觉上太有冲击力了。我相当不理解，人为什么要折腾自己呢？

"怎么了？因为 LV 不够大牌吗？"

"不是的。这次是她女儿。"

"她女儿？不才上初中吗？"

"对啊，半大不小的孩子最难搞了。她一看到我的包，就'天哪！你竟然买得起这种包，真的还是假的？'"

"啊？！这怎么回答？"

"我花了一万多块呢，总不能说是假的吧，不回答好像也不行，只好说是真的。"

"老板娘什么反应？"

"老板娘只是笑笑，一句话也没说。"

"这小孩子，真是的，她就不会说'姐姐的包包真漂亮'吗？"

"还没完呢。本来约好下午两个人去淮海路逛街的，结果老板娘改变主意了，决定带上她女儿，让司机小媛送我们去恒隆广场的爱马仕。你猜她要干吗？"

"干吗？我猜不到。给她女儿进行奢侈品学习，买了条爱马仕围巾？"

"我也以为是这样。结果她直接去给自己买了一个几十万的铂金包。"

"啊？！"

老板娘碾压式地炫富，对别人未必管用，却彻底将云雁的自信心踩在了脚下。我觉得云雁太可怜了，花了两个月工资，买来的居然是羞辱。也不敢多安慰，只好默默地帮她一起收拾房间。刚把地面散落的物品捡起来，云雁阻止我道："算了，晚上约了赵宁去外滩三号的天台吧喝酒。我们先去吃饭，不想这个了。"

外滩三号的七楼是个朋友聚会的好去处，外滩、北外滩和对面陆家嘴的风光一览无余，足足有270度的视角。这是中国第一座钢构建筑，七楼的室内及北侧天台是美式餐厅，东侧天台就是个露天酒吧。天台的拐角处一座豪华的望江亭，已经改造成了一个豪华包厢。我们三个拍了很多照片发在朋友圈里，林泉看到了，留言说她今天也有活动，在琉璃厂。于是我在"租房子的女人"群中问她什么样的活动会选在琉璃厂，她居然说，"相亲"。

我大吃一惊："相亲？"为什么会有人觉得在鉴定古董字画时更适合谈恋爱？那不该是老年人修身养性的去处吗？难道满街的墨香，会激发对于异性的兴趣吗？真是难以理解。

林泉："对啊，有人给我介绍了一男的，比我大十几岁，因为痴迷古玩收藏，一直没结婚。"

赵宁："那你还跟他相亲？他喜欢的不是女人，而是地下挖出来的瓶瓶罐罐啊。"

林泉："哈哈。从今天的情况看来，他对女人还是有兴趣的。只不过他早午踩到很多坑，说是钱都买了赝品，所以房子车子什么都没买，现在还租房住。"

关云雁："那就更不能搭理他了。都奔四了，没房没车，怎么跟他生活下去啊？"

赵宁："没错，你都要回上海了，还在北京相什么亲？"

林泉："我知道，所以没打算继续约下去。不过这人没想象的那么不靠谱，据他说，现在的藏品基本上就不会打眼了。"

关云雁："呵呵，他一直都这么说吧？谁会认为自己收藏的是赝品呢？东西不出手，谁知道真假，价值多少钱？"

我："搞收藏这东西说不清啊，只要有人接盘就行。没准人家的藏品已经价值上亿了呢？林泉嫁了他，就成亿万富姐了，哈哈。"

赵宁："哪有这种好事？一般人不懂收藏，最好别碰。这人谈恋爱最好去找个圈内人，别祸害我们家林泉。"

林泉："好了，好了，我不会这么容易上当的，今天就逛街、吃饭、喝茶，离谈婚论嫁还远着呢，哈哈。"

关云雁："赶紧调回上海吧，今后你妈还得靠你落叶归根呢。"

赵宁："说了半天，光知道他搞收藏，不会专职做这个吧？他从事什么工作的？长啥样啊？"

林泉："在通信研究院工作，90年代（20世纪）重点大学的硕士，身高一米八五，看起来挺厚实的一个山东人，可是特别能说。他讲了一堆关于收藏的知识，我听的时候觉得很有道理，过后一句也记不住，不知道为啥会有这种现象。"

赵宁："那是因为你对这个事情不感兴趣。他本身条件还不错嘛，怎么跳到收藏这个坑里去了？"

我："还不一定算坑嘛，只是这个领域需要更长时间的磨炼，跟医生差不多，越有经验越能赚到钱。"

关云雁："如果赚得到钱，他拿出一部分古董来换成房子车子不算过分吧？"

林泉："人家说，现在还不舍得变卖那些东西啊。"

关云雁："哈，你看看，赵宁刚才说得对，人家喜欢的是那些瓶瓶罐罐，根本不是女人，要不连房子车子都不舍得买？要么呢，纯属借口，他手上那些东西根本不值钱，就是砸手里了。"

我："林泉，我有个疑问，他这么多藏品，家里能放得下吗？又租房子住，难道不搬家吗？搬来搬去的，瓶瓶罐罐的没损耗吗？"

林泉："下午从琉璃厂回来，他带我去他家去看那些'宝贝'，我也问过这个问题，东西摆放得密密麻麻的，不怕碰着摔着吗？他说不会，从来没发生过，每次搬家都特小心，报纸包了一层又一层。另外呢，他轻易不带人进家门，怕人家把东西顺走。"

关云雁："我还以为他带你回家有什么企图呢。哈哈，谅他也不敢干坏事，怕你把他那些瓶瓶罐罐都砸了。"

赵宁："哈哈，是啊，他没法耍坏，不能展现体力优势，来个壁咚什么的，可能就会摔碎一堆古董。"

林泉："嗨，你们三个别取笑我了，不继续还不行吗？"

我："别这样，我们只是说笑。讲真，这人本身素质还是不错的，智商高、个子也高，行为正常，目前来看就是这个喜好比较败家。也说不上败家吧，讲不定人家后面会发财呢。"

林泉："懒得思考这么多了，可能他之前也没怎么谈过女朋友，我们在大街上肩并肩地走着更像是同事或者合作伙伴，好像没什么感觉呢。估计也是个慢热型的。想了想，咱年龄也不算大，还是回上海再找吧。"

关云雁："哈哈，第一次见面不就这样，还能有什么亲密举动？"

林泉："不知道。就感觉不太像相亲，像接待客户，哈哈。"

赵宁："把你当作客户还不好啊？他们这种理工男都是这样的，再说差了十几岁，算有代沟吧，我觉得相亲应该就是这样。跟那种有好感了自然而然凑在一起肯定不一样啊。"

林泉："唉，不懂，反正跟想象差距挺大的。"

过了零点，赵宁说该回去了，我建议她这么晚了就一起住云雁家吧，反正沿着外滩走走就到苏州河边了，还可以多聊一会儿，云雁也附和邀请。不过赵宁坚持要打车回去，云雁也没有很坚持。

赵宁上车后，我们沿着外滩向苏州河边的住处走去。云雁有些醉了，她总是喜欢喝一点，可无论红酒、白酒、鸡尾酒，只要一杯就醉。

她懒洋洋地说："赵宁不会去我那里的，来上海这么久，她也从来没去过。"

我不知道怎么接话，她对赵宁有什么看法呢？女孩子之间的友谊和矛盾最难辨识，刚刚她们还玩得很热乎呢，这会儿怎么就有意见了？我是不是又多嘴了，不该提三个人一起住的事。

于是我换了个话题："我记得网上有张图片，很像今天我们喝酒的地方，有个女孩在红旗下跳钢管舞，反差特别大。可是今天我没看到钢管。"

云雁："噢，那是外滩十八号，就在前面，景观跟外滩三号的是差不多的。不过那家酒吧消费比较高，里面全是……，不适合我们三个聚会。钢管舞有什么？我也会跳啊，等下回到家，我跳给你看哈。"

"呵呵，不了，我又不是男的，看什么钢管舞啊。你应该跳给你男朋友看哈。"

"男朋友？一般成了男朋友就不爱看了。"

"啊？不是结婚后才左手握右手没感觉吗？这才男女朋友就冷淡了啊？"

"我觉得结婚跟恋爱就没关系，纯粹一个终身经济合作。哦，不，还不一定终身，应该说是家庭经济合作。对于男人来说，一旦有了亲密关系，就该跑了，而对于一般的女人来说，感情才刚刚开始，所以抓住不放。我和一般的女人不一样，能够清楚地认识到两个人距离一旦太近，就会吵架，确定关系后就没意思了。相互试探的时候才有劲，所以我需要无数场初恋，不会轻易让它走到最后一步。"

"唉，如今传媒这么发达，我相信大家什么婚恋节目、影视剧、小说也看过了，道理都懂，为什么还是做不到呢？讲真，我这次来上海不会干扰你约会吧？"

"当然不会。我怎么能让他们进我的房子呢？"我注意到，她用的是"他们"这个词。外滩的景观灯映着她红红的侧脸，真好看，可惜我没云雁那么妖娆的身材，自然也不会有"他们"。

她猜到了我在想什么，"其实多数人还是喜欢你这种类型的，好好跟一个人谈恋爱挺好的，那些烂桃花没意思的。有些人吧，很会来事，懂浪漫，也有赚钱的本事，但是在女人堆里滚出来的，不会认真。经济适用男呢，又不适合我，他们还是找乖乖女去吧。"一副饱经沧桑的模样，不过二十多岁的年纪而已。

我也有些醉了，说实话，她的这些经历，我既同情又嫉妒，自己却没有勇气面对。环顾左右，都是艳丽的女子，看起来"段位"都不在云雁之下，活脱脱一个"欲望都市"的上海版。"段位"这个词是云雁在北京时告诉我的，用来表示女生处理男女关系的水平有多高，她说自己已经过了初段，这辈子能达到五段就不错了。作为一个连围棋考级都没触碰过的人，我只有旁听的份。人只有两条道路，要么通过约束而成为自己想成为的人，要么通过放纵成为一个自己都意想不到的人？我肯定走不通后面的路，因为我都不知道自己的天性是什么，所以无法放纵。我注定成不了 bad girl（放荡女孩），只能做"小白兔"，不管天生的，还是虚伪的"小白兔"。

　　总算到家了。进客厅后，云雁没忘展示她的舞技，她让我坐在沙发上，"家里没有钢管，就来几个动作吧"，然后一跳，压腿，来了个一字马，然后起身，靠墙翻身，又来了个倒一字，身手真是矫健。

　　"呀，走光了。"我惊叫道。

　　云雁便收腿，直奔沙发而来，"我还会跳《低俗小说》里面扭扭舞"，说完扭了几个动作。结束后直接骑在我腿上，吓了我一跳。

　　"怎样？"她兴奋地问道，脸红扑扑地，眼睛好迷离。

　　她为什么要对我这样？我已经被她吓坏了："啊？才一杯酒你就醉成这样了。"

　　于是，她放开我，"睡觉去，不管你了"，说完进了房间。

　　可是我的小心脏还扑通、扑通地跳得厉害，空气中都是云雁的香水加酒精的气息，她的腰真细啊，好温柔啊。两天下来，我对上海的初印象就是纸醉金迷。另外，我至今不能理解关云雁她们老板娘的脑回路。进小房间后，我睡不着，打开窗户可以看见远处那车来车往的西藏南路，以及不会流淌的苏州河，无聊得我只好拿起了手机。发现居然有未读信息，原来都是苏源发来的。

　　"你们去外滩玩了？"

　　他肯定是看了我们的朋友圈，猜到我还没睡。

　　"嗯，刚回来。"

"哈哈，云雁喝酒了，你惨了。"

唉，不知他为什么每次都要提到云雁，男人都这么傻吗？通过云雁认识的，难道话题就只有她吗？我没好气地回道："这你也知道？"

"当然，她每次喝完酒都疯得厉害。"

"妩媚吧？享受吧？"我心中不快，云雁对女人都那样，还不知在男性跟前怎么表现呢。

"别多想，我只是碰巧了解她的习性而已。"

"没多想啊，就是觉得人家很有魅力啊，我就做不到。"

苏源这个大笨蛋，既然想泡我，为什么还要提到别的女人？没聊几句，我就说了晚安。

今晚的酒对云雁和我的作用完全相反，她呼呼大睡了，我却异常清醒。越安静越清醒，脑子里想了一些过去、现在和将来，以及有用的没用的，直到凌晨四五点，附近的七浦路市场车水马龙了，我才在噪音的掩护下昏昏入睡。

第二天云雁恢复了往常，我们按计划去往朱家角。原本计划去乌镇，可乌镇太远，我们没车不方便。朱家角属于上海，人民广场南边的普安路有公交直达，当天来回比较方便。在朱家角吃了粽子和江南农家菜，回来的路上又睡着了，然后去了旁边的上海音乐厅观看演出，最后去云南路吃火锅，步行回住处。路过西藏路桥时，云雁还告诉我苏州河边那座大楼就是四行仓库。

"怎么样？上海比北京好吧？"

"小姐姐，你辛苦了三天，就是为了向我证明上海比北京好啊？"

"你不觉得对于女生来说，在上海生活更合适吗？"

"哈哈，我觉得不管在哪个城市，住在市中心就是好。你这个地段，相当于北京的平安里吧，去哪都方便，周边还有这么多名胜遗迹。我决定了，回北京后搬家到二环里头去。"

"我真觉得你可以从回龙观搬出来，反正林泉马上也要来上海了，那个房子里就剩你了，多没意思啊。"

回到北京，发现林泉真的要去上海了。公司没有核准她调到上海总部的请求，至于原因，她百思不得其解，"员工回到户籍所在地安心工作，薪资待遇又不变，还省了房贴的钱，何乐而不为呢？"

赵宁在群里回复道："我也没搞明白，像我这种安家北京的，调上海倒是很快。其实我是为了将来出国方便，在总部机会多，海外业务也符合我自己的方向。感觉公司就是想异地化操作，担心员工落地生根自己单干吧。可你是财务，和工作地没什么关系啊。"

林泉："所以呢，自己的利益能顺得上的，就叫服从组织安排，顺不上的就只能走。事实上谁不是从自己的利益出发呢？什么叫舍小家顾大家啊。我们一家地产公司，居然也学人家世界著名通信公司搞异地化。他们两位老板是不是当年的战友啊？一个思路。"

赵宁："地产公司的项目确实容易和当地产生链接，项目经理隔几年轮换个城市是有必要的，财务异地化就很难理解。公司也从来没有异地化的硬性规定，不知道你们部门领导怎么想的。"

云雁："没关系，你现在找这家公司也不错，就是适应新环境麻烦点。"

林泉："服了，没办法。这次是深圳的公司在上海的分公司，哈哈，每次都是分部。"

我："不管怎样，总算成功落户上海，工作也落实了。"

她叹息道："说是回上海，我在上海又没家，还得租房子。"

旁人很难理解知青子女是一种什么样的生存体验。在当地人看来他们是上海人，在上海人看来他们又是外地人。虽有上海户口，却连个落脚点都没有，亲戚们躲得远远的，而在外地的家他们又不想回。他们在城市和乡村、自卑与自信之间不断切换，角色极度分裂。

我决定跟林泉一起搬离回龙观。一方面，这所房子的氛围一定会因为她们三个的搬离而彻底改变。另一方面受云雁影响，我也觉得这个房子"承载不了我的梦想了"，我来北京的目的不只是生存，一定要住到市中心去，感受"城市脉搏"，寻找更多机遇。行李打包的时候，又是苏源来帮忙。

林泉需要快递的纸箱数量也不比云雁少。我对她说："要不你住云雁那边吧，反正她也有个房间空着，你还可以帮她分担一些租金。"

林泉："不，我住那个房间不合适。它就适合你这样的朋友去看她时住住，平时它就得空关着。云雁只是提一提，她跟以前不一样了，已经过了合租的阶段，真住过去我俩会产生矛盾的。"

我意识到自己又犯了同样的错误，上一次是越俎代庖邀请赵宁去云雁房子里过夜，现在又推荐林泉与云雁在上海合租。女人们表面上一团和气，并不代表想生活在一起。每个人都想成为圈子的主宰者，提升能力没那么容易，但可以通过变换环境轻松达到啊。

这时二房东来了。我们各有一个月的押金在她那里，按约定今天退给我们。

"你也去上海啊？"

林泉："是啊。房间我们都打扫好了，应该跟进来时一样了。"

"都发展得不错嘛，国际大都市啊。"二房东一边说一边进了厨房："前两天有人说热水器坏了，温度跳上跳下的，去年租给你们的时候是恒温的，是不是你们温度调得不对还是有人动过什么部件啊？"

"啊？这不应该您负责维修的吗？谁还能把热水器用坏

啊？"我大吃一惊。

"不好说。另外，抽油烟机应该是很久没清洗了吧，开关键都被油腻住了，我问了维修师傅，开关模组要整个换掉。这个肯定不是自然损耗，属于人为损坏。"

林泉："什么？抽油烟机我都一年没碰过了，我们几个基本上不做饭。"

二房东又去卫生间看了看，"有两片瓷砖裂了，维修起来麻烦了。地漏和面盆堵得厉害，一定是头发掉进去太多了。"然后她又瞥了一眼房间，"地板也刮得不像样。"

林泉正要和她理论，另两个女孩子从房间里出来了："房东姐姐，您这回要检查仔细了，我们搬进来住的时候，房子就有很多毛病，到时候别说是我们弄坏的。卫生间下水确实堵得很厉害，抽油烟机和热水器都不好用，厨房和卫生间不能同时用水，还有，这主卧的卫生间马桶座都裂开了，这两天才发现……"

"这不过来好好看看弄弄嘛，该谁的责任我们分分清楚。我出租房子的时候都弄得好好的，家电都是新买的。我知道，你们才进来没多久呢。"

两个女孩一听，更来劲了："客厅的电视机和冰箱也是坏的……"

天哪，这三个女人简直恶意满满。刚好我们加上苏源也有三个人，在林泉的带领下跟对方吵了起来。

"关云雁和赵宁走的时候，您也来检查过，没什么问题啊。再说了，她们房间里的问题，凭什么我们来赔啊？热水器从来就不是恒温的，这些电器都是二手市场上淘来的吧？物业都说了，麻将桌就是你从垃圾堆里捡来的，这些东西本身就有很多问题。还有水压，根本就是装修时管道设计不合理，我们都没提意见，用个水还能把水压弄小了吗？这个责任要么在物业，要么在业主，要么在您，跟租户有什么关系呢？"

"厨房的三角阀是您换的吧？就是换了三角阀水压才变小了。"

"胡说！三角阀坏了一周您都不来修，我们自己掏钱买自己修还有错吗？三角阀坏之前水压就这么低，物业说，水小就是因为装修时管道设计不合理，卫生间的水管还要从厨房绕过来，管子那么细，水压能不低吗？！"

在北京，吵架都要尊称对方为"您"，我还真不太习惯。我鼓动苏源加入"战斗"。可是男人根本不会吵架，只会讲理。对方一句"这位先生，您在这房子里住过吗？凭什么说不是她们弄坏的？"他就哑了。

物业闻讯赶来劝解。林泉说要报警解决，物业面露难色，说公安局不是法院，警察来了也是让大家和解，这点小事总不至于告上法庭吧。苏源和我也觉得没必要，而且林泉马上要乘高铁去上海了，怕耽误她的行程。最终，钱在谁口袋里谁说了算，二房东把我和林泉的押金几乎都扣完了，退给我们几百块后就走了。

　　快递公司迟到了，我只好让林泉先乘地铁去北京南站，自己和苏源留下等待，一等又等到了天黑。面对自己住了一年而空空如也的房间，有种莫名的悲凉。回想起来，那年是我作为文艺女青年的最后挣扎，学生气的最后一次体现。

　　我嘟哝道："终于理解了，最后留下的那个最难受。"

　　苏源："什么？"

　　我："还不如像林泉一样先走。"

　　苏源："吓我一跳。我以为你说的是生死别离，夫妻俩当中先死的解脱了，剩下的那个更痛苦。"

　　我："没错，我刚才就是这么想的。"

　　苏源："不至于吧？一次搬家而已。"

　　我："物是人非，挺难受的。"

　　苏源："应该这么想，有更好的居住环境了，和过去告别。要么，你先去吃饭吧，我在这里守着？"

　　我："不想一个人去。"

　　苏源："好吧，我们一起下去吃饭，注意手机上的电话就好。"

　　刚下楼，快递员就到了。立即折返上楼，看着快递员将行李一一称重、贴标签，然后付款。出门前最后看了一眼我那房间，居然没那么难过了，在心里默念了一句："别了，一年来与我朝夕相处的床铺、衣柜，还有门窗……"

　　抵达西直门的新住处时，地铁已经停运了。

"这么晚了，你睡小房间吧。"我对苏源说。

不过临睡时，我的情绪莫名其妙地低落，弄床单被套这些事挺累的，又不想帮苏源收拾房间了，另外，我想着有个人抱抱也挺好的，于是便留他在自己房间。

第二天早上，苏源与我商议："要不我搬到小房间里来住，帮你分担房租吧。你不能学云雁，她花钱太大手大脚了。"

我并没有答应苏源的解决方案，但觉得云雁提到的"临时男友"计划可以实施了。我找了个借口，让苏源来办公室找我，顺便帮我清理了电脑里的各种应用程序，实际上是看看里面有没有什么监控程序或"后门"，然后请同部门的姐妹们一起吃了个饭，等于"官宣"恋情了。

不料第二天 IT 部门就有同事委婉地警告我，说工作电脑外人不能碰，"别说是男友，老公也不行"。

西直门

　　有一个从北京快递过来的纸箱全是账本。说实话，我挺害怕打开那个箱子的，因为里面记载着不堪回首的初次创业经历。这么多年来，有两件事最让我烦恼，一个是考驾照，以及所有跟限行、违章、罚款、年检相关的东西；另一件就是做账，所有跟工商、税务相关的事。

　　这些账本一直寄存在西直门的一个地下室里，多年来能保存这么完整，完全是因为房产的主人迁居海外，没人关注这个地下空间。

　　据说西直门是从玉泉山运水进皇宫的城门，还是个水门，这让我想起了苏州的盘门。可现在的西直门就是个交通枢纽，它的标志性建筑是西环广场和迷宫一般的西直门立交桥。我每天上下班都要穿过长长的地下通道去乘坐 13 号线，这就是住在二环内的代价。不过，听说这个换乘通道已经是改造后的，改造前的距离更长，需要"上天入地"，也就是天桥、地面、地下都得走，大约有一站路。我不太明白，为什么咫尺之遥的站台，走起来要那么远，更不明白它们为什么不能紧挨着修建。

慢慢地我就理解了，公共设施的建设有诸多影响因素，难以尽如人意。甚至个人事务，走的往往也不是直线，有时也有必要绕着弯子走。人生又是条单行线，走过去就没法回头，不像西直门换乘通道还可以改造。一个女人最好的年纪是二十多岁，绕着、绕着就三十多岁了，社会阅历有了，青春没了。

经 13 号线去上地上班，不如回龙观方便，但拜访客户、往来各大商场和夜店就方便多了，有兴致的话，步行去什刹海也不算太累。我已经属于老员工了，由于工作需要，不用打卡，所以搬到西直门后的一段时间里，感受是相当幸福的。

公司这时突然发生大变故，部分高管和骨干集体离职去了另一家公司，我所在的部门变化最大，部门经理和骨干都走了，剩下的要么来公司比我还晚，要么年龄比我还小。作为上年度的优秀员工，我不禁飘飘然起来，暗自揣测部门经理的头衔会不会落在自己身上。

云雁知道后，鼓励我道："找你们老板探探口风啊，这时候不毛遂自荐，还要等什么？"

"万一老板有人选了呢？"

"有什么关系？你讲讲自己的优势，争取一下这个岗位。成不了部门经理，老板也会高看你一眼。如果不争取，等老板找到合适人选了，就没机会了。"

"如果人家根本不想让我做部门经理，自己主动去提，岂不是很傻？"

"傻就傻吧，有什么关系？"

"不好吧？"

我说服不了自己，于是在犹豫中等了两周，老板终于找我谈话了。

"夏凡，你来公司后一直表现不错。前段时间你们部门经理空缺，找不着合适的人选，犯愁啊……"他居然停住了，我的小心脏简直要跳了出来，接下来要说什么？

"我想了很久啊，按说你接这个位置也可以的，再带几个新人，过一两年业务一定能开展起来。"

我有一种不祥的预感，他讲的是"按说"，接下来很可能还有"但是"。

"不过呢，"他说的不是"但是"两个字，效果却是一样的。大转折来了，我的心一沉，完了，这一个月白等了。

"不过呢，公司还是觉得你太年轻了。"公司觉得？公司是谁？谁代表公司？谁会跟他讨论这件事？谁"觉得"已经不重要，接下来的话肯定说是已经找到合适人选，让我安心工作罢了。我都不想听下去了。

"公司决定让刘雷兼任你们的部门经理。所以，夏凡，需要你这个资深员工，全力配合他的工作。"

刘雷？哪跟哪啊，怎么成了我的顶头上司？我毕业没两年，怎么成资深员工了？我问道："刘总不是负责 IT 吗？我们部门做的是女性栏目啊。"

"这就是单独找你谈话的原因，有些事情不能公开。你有所不知，刘雷的太太在电视台负责女性栏目，之前我们采访的名人，大多是通过他太太的介绍才约到的。当然，这些都不方便在公司里说，怕对他太太不好，也会影响我们继续拿项目。"

"啊？他不是离婚了吗？"我脱口而出。

"嗯？谁说的？"老板很警惕。

"哦，大家都这么说。"真是不由自主，我发现自己嘴太快了。没办法，只好暂时把"大家"拿出来挡一挡。

"瞎说。你们在公司讨论别人的隐私干吗？离婚不离婚的说法，是他太太工作的需要，以后不要传播这些不实信息。"

老板的表情很严肃，我的内心很崩溃。明明刘雷隐婚，四处骚扰年轻女性，明明我就是受害者，怎么成了过错方？好气愤啊，真想立刻将刘雷在公司线上、线下骚扰女性的各种劣迹讲出来。不过稍微迟疑了一下，勇气又没了。

证据呢？怎么开口？难道要把聊天记录发给老板看？我对刘雷的回复并非无懈可击，会不会被认为暧昧不检点？何况他有些露骨的表达我当天就删除了，别人看了会不会觉得没什么大不了的？其他女同事会站出来吗？大概率不会。老板是做大事的人，对这种蝇营狗苟的小事不关注？如果一股脑儿讲出来，老板会不会觉得小题大做？他对我怎么看，同事们对我怎么看？刘雷会被处理吗？如果只是老板一个人知道这件事，会不会顾忌到刘雷太太的客户资源，以及 IT 部门的重要性，不了了之。要么，采用群发邮件的方式曝光？不过这样一来，我在公司也待不下去了。

怎么办？如果不说出真相，领导就会认为我是个喜欢八卦的女人。不，这个话题不能就此打住，否则我要吃大亏了。领导讲的话一句也听不进去，满脑子都在想怎么把刘雷的伪君子面目揭露出来又不伤及自身。我迅速假设了一遍赵宁、林泉、云雁三人面对这种情况分别会怎么说，然后选择了其中较为稳妥的"赵宁模式"。

"领导，我还是要反映一个情况。您记得我们女性栏目做过一期职场性骚扰的话题吗？"我郑重其事地说道，表情严肃。

"我记得。"他有些诧异，"继续讲下去。"

"当时我们总结过，职场中实施的骚扰行为，往往到了不可收拾的程度，也就是被女员工曝光之后管理层才知道。其实，我们公司也有这样的害群之马。我们团队目前都是女生，如果，一群小绵羊当中，突然加入一只大灰狼，会发生什么？"

他皱起了眉头："夏凡，你的意思是说，刘雷在公司有什么不合适的行为？"

"没错，很多女员工都知道。"我说了一个比较保守的范围。刘雷的事，并非尽人皆知，究竟有多少人了解，我也没把握，所以用"很多女员工"泛指比较妥当。既强调了事情的严重性，也留有余地。

"哦。这样的话，任命的事需要重新考虑一下。"老板若有所思，"夏凡，你先回去吧，我再想想。"看他的表情变化，似乎并非头一回听说刘雷的情况，只是此刻有人再次提醒，结合目前的岗位安排，确实有重新考虑的必要。

下班回到西直门，我与苏源讨论了今天在公司发生的事。

"我今天的做法对吗？"白天说了很多话，到晚上就难受了，我得找个人确认自己没说错话。唉，没办法，就是这么不自信。

"没什么问题，你还是挺有勇气的。"苏源鼓励道。

"不对，就是缺乏勇气，如果早点听云雁的话就好了，毛遂自荐，说不定就没刘雷什么事了。"我又开始纠结了。

"话不能这么说，事后总结总是容易的，但决策是很艰难的。今天你决定把刘雷的事说出来，已经相当不容易了。"

"我没有细说，只是借鉴了赵宁的'春秋笔法'提了提。你说，老板会不会没听懂。"刚过几个小时，我就开始一句、一句地怀疑自己了。

"呵，你们连'春秋笔法'都会，按云雁的说法，段位挺高的。总的来说，事情处理得挺好，就老板一个人知道，没把公司逼到死角上。不讲细节，既保护了自己，又可进可退。"

"告诉我，今天的表现没问题。"此刻我比任何时候都更需要别人给予肯定。

"完全没问题。"苏源又提醒我，"发现了没？赵宁给你项目的事，现在公司里没人知道了。知道的都走了，留下的也没心情来约束你。"

"真要自己做啊？"一件事情没处理完呢，又来一件。虽说是好事，但只要是个事儿，就有一堆麻烦等着自己去处理，好烦啊。

"嗯，不能犹豫了，把握好机会。这次可是创业，比当部门经理更有想象力。"苏源并没有注意到我的情绪正在发生变化。

"可是注册公司好麻烦啊。"我开始烦躁了。

"做事就不能怕麻烦。"这句话正好踩在我的心口上了。

"说得轻巧，对于你来说，要么旁观者清，要么事后诸葛亮，总是分析得头头是道。我作为当事人很难受的，在公司被人性骚扰，你又只当缩头乌龟，不能帮我出气。说什么创业开公司，还得我自己去做，你又帮不上忙。"不知为何，自从有了亲密关系，我对苏源说话就毫不客气了。

"我上次不是跟你去公司晃了一圈嘛，起个威慑作用，难道要我去跟刘雷打一架？再说了，刘雷骚扰你在前，我认识你在后，现在没有新的事情发生，我总不能突然跑去跟他闹吧？过了时间点，有的事就得换种方式处理。你今天跟老板讲的这些就很好啊。"

"还不是我自己处理，你就是缩头乌龟。"

"夏凡，话不能说那么难听，什么叫缩头乌龟？给我盖这种帽子？刘雷现在敢欺负你，我立即上去揍他。今晚讨论的问题，是赵宁她们合作伙伴给的项目，可以自己做了，没必要通过公司。这些项目没有用到公司任何资源，凭什么要送给公司？项目赚的钱比你的工资还要多几倍，说白了不上班单干都可以。"

"开公司，开公司，你和赵宁、关云雁都怂恿我开公司单干。可你们都没开过公司，我要的是帮我解决具体问题的人，而不是多出几个领导来。"

"我是没开过公司，我去网上了解一下流程行吧。赵宁是牵头介绍项目的人，云雁帮你出主意，人家怎么可能做具体的事，也就鼓励鼓励，你做与不做，做不做得成，都跟人家没关系。"

"好啊，那么注册公司的事就交给你了，我不想管。"

当时我的心态便是如此，明明有很好的创业机会，可在职场里习惯了，踏出第一步需要勇气，因为有许多未知在等待自己。有苏源在，情绪便有了宣泄出口。不过情绪这东西，越宣泄越恶化，唯一的解决方案是有人将事情做好，无论靠自己还是依赖他人。

于是我把公司注册这类杂七杂八的事都交给苏源。他拿着我们两人的身份证跑了几天，带回来一堆东西：营业执照、开户许可证、数字证书、银行卡、密码器、公章、发票专用章、发票、金税盘……

我一看到这些东西就头晕。林泉听说后哈哈大笑，她说这些是她的专长，"干吗不聘请一位财务？你现在开公司了，可以去上个MBA班，学习商道什么的。琐碎的事，就交给别人去做。"不过我有清楚的认知：这次创业中，自己的核心价值就在于帮大公司处理了广告业务的琐事，怎么敢再委托给别人？我们付不起专职财务的工资和社保，更别提林泉这样资历老的员工了，于是苏源委托了一家小小的代理记账公司，剩下的工作他自己做。

小房间成为了我们的工作室，苏源将一切跟公司相关的东西都放在里面，激光打印机、票据打印机、发票、金税盘等。我非常害怕进这个房间，听到打印机的声音就烦躁。商务往来之类的琐事也交给了苏源，云雁说这样最好，我在原公司可避嫌，而苏源本来就是法人代表，在业务方面抛头露面正合适。

事实证明创业的决定是对的。公司老板没坚持让刘雷兼任我们的部门经理，也没把重任交给我，而是从外面招聘了一位三十多岁的女性作为我们的部门领导。这样一来，我的主要精力就放在创业上了。新公司的进展相当顺利，三个月后，收入就远远超过了我的年薪。业务越来越繁忙了，下一步何去何从？

赵宁、云雁、林泉都认为我不必从原公司离职，因为可以通过原公司继续获取一些"女性资源"。可我没有三头六臂，怎么办呢？

云雁建议道："如果苏源能全力帮你最合适了，只是不知他怎么想。"

于是接下来的讨论就在我与苏源之间进行。

我："我们能雇一个人来做这些事吗？"

苏源："不行，我们是小公司，事情无论大小，都是核心机密，交给别人不合适。另外，谁愿意跑我们这房子里来办公？给多少工资才合适？"

我："难怪赵宁说，刚开始创业什么都得自己干。"

苏源："没错，想要多赚钱，就得多努力。"

我："能不能别说这种抽象的话，跟心灵鸡汤似的，讲点具体的吧。"

苏源："没有啊，很具体啊，我们两个每天多干点活啊。"

我："不行，现在接的单子越来越多，我每天都要花大量时间在网上跟人家交流，还经常跑到楼道、卫生间去接电话，总有一天会被人发现的。"

苏源："我已经请了很多假了，跑来跑去效率不是很高，以后我们尽量通过网络解决。"

我："不行啊，有些事情网上谈来谈去说不清楚，见面还是很有必要的，如果不见面，对方就没压力，就不会有这么多单子给到我们了。光请吃饭交流感情还不行，工作往来归工作往来，有些事还是得去人家公司谈。上周你跑了一趟，不是正好碰到别人在谈昌平那个项目吗？正是因为很急，转手就甩给我们了，如果你不去，这项目就没了。"

苏源："那怎么办？再这样下去，我自己的工作都没法完成了。"

我："苏源，怎么还听不明白？就不能主动点辞职了全心全意来帮我做吗？"

苏源："现在也是全心全意帮你做啊，一定要辞职吗？这些事也不是我的专业方向啊。我什么时候成商务加销售了？"

我开始赌气了，"就知道你没真心想帮我。"

苏源："这是哪跟哪啊？我可是一分钱工资也没要你的。"

我："终于说到重点了，就是因为我没给你发工资吧？"

苏源："理解到哪去了？我的意思是，正因为真心帮你，所以不会考虑钱的事。"

我："难怪云雁说不知道你怎么想，看来她不是不知道你怎么想，而是知道你会怎么想。"

苏源："这话怎么这么拗口呢？云雁怎么说的，跟我有什么关系？"

我："怎么没关系啊？云雁最了解你。"

苏源："怎么她最了解我，应该是你啊。"

我："别假惺惺了，我才不了解你。别以为我不知道，你跟云雁之前肯定有什么事。"

苏源："越说越离谱了。"

我："你是被云雁甩了才来找我的吧？我可不想捡人家剩下的。"

苏源急了："胡说八道！我跟云雁什么事也没有，就更别提什么甩不甩了。"

我："现在开始否认了？别以为时间长了我就会忘记，你刚开始说的每一句话我都记得。什么'云雁的性格，你懂的，在她们公司比较孤立''她这个人很可怜，没什么朋友的'，什么'云雁喜欢跟我聊，我也喜欢跟她聊，还比一般朋友要更熟'。别以为我听不出来，就是想说你们的关系很不一般。"

苏源："什么？我没说过她很可怜，也没说她喜欢跟我聊，我的原话不是这样的。"

我："哎呀，现在开始否认了，只怪我没有录音啊，你敢说你当时说的话不是这个意思吗？！"

苏源："确实不是这样啊。"

我："事实就是，人家云雁看不上你，你又没钱，长得又不帅，又不会说话，人家看上你哪样啊？"

苏源："干吗要她看上我啊？"

我："她没看上你，你看上她了啊！你敢说你从来没对云雁有过任何想法吗？！"我的语气非常严厉，音量也很高。

苏源："夏凡，打住。我们今天讨论的问题不是这个，是关于你的公司后面怎么发展的事。"

我："不，我现在不想讨论公司的事，老娘明天就把公司关了，不干了。现在就是要讨论你被人甩的事，我不要捡人家的二手货。"

苏源："夏凡，你越说越离谱了，有点逻辑好吧。"

我："跟我谈什么逻辑，老娘不听。呵，你现在不认了，今天不把这些事情说清楚，我就把小房间里的东西都砸了！明天就不干了。"

苏源一听，语气就彻底软下来了，其实他前面两句的开头"夏凡"，就已经有这个迹象。

"夏凡，夏凡"，他又连着叫我名字两次，"你听我慢慢讲好不好？"

我："我不要听。你就是找各种理由为自己辩解。"

苏源："不是。夏凡，你听我讲好不好？"

我："这还不是辩解？"

苏源："夏凡，你听我说，其实我有想过辞职帮你做的，只是觉得时机不到，没来得及跟你商量，结果你自己先提出来了。"

我："哼，别骗我了，刚才还说'再这样下去，我自己的工作都没法完成了'，还有'这些事也不是我的专业方向啊。我什么时候成商务加销售了？'"

苏源："哎呀，这些只是表述当下的事实，并不代表我没想过辞职啊。其实我有考虑过，现在的职位赚钱不多，也不是很有上升空间，不如出来帮你。只是我们才运作三个月，有必要这么着急吗？是不是等……"

他的话还没说完，就被我打断了："等到什么时候？非要账上有一百万你才能确认吗？再等下去，我们的业务发展就会受到影响。你明天不辞职，我明天就去辞职！别以为我不敢。"

苏源："好，好，好，我明天就去辞职，你什么时候变得这么果断了？真是气头上的话，胜过千思万想，这么快就要做决策。"

我："说真的啊，你明天就去辞职，别骗我。"我开始缓和下来了。

苏源："好，明天就辞职，好吧？！"

他又说了很多好话哄我，其实都不重要，管用的就是他会辞职的承诺。

到了半夜，我心情转好了，又开始了另一个话题。

"苏源，那你跟我说说，你跟关云雁发展到什么程度了？"

他很警惕地答道："什么叫什么程度？刚刚不是说了，就普通朋友关系嘛。"

我："别骗我了，你俩不可能普通朋友这么简单，一定有什么事，说给我听吧，都过去这么久了，我不会介意的。"

苏源："真没什么事。"

我："不可能，云雁都跟我说了，你对她有幻想。"

苏源："云雁说了什么？我对她有幻想，这可不能乱说。你是在试探我吧？"

我："别不承认，她身材这么好，你肯定想入非非了。"

苏源："别这样，我只喜欢你。"

我："屁哦，你那时又不认识我。你今天不讲，别想睡觉。"

苏源刚刚领教过我的厉害，再也不敢怠慢，"那时云雁经常被人骚扰，公司里还各种传言，说她私生活很乱。我帮她修电脑，就有人怂恿我，说看看电脑里有没有艳照。"

"哦，那到底有没有呢？"

"据说有人看到过，不过我肯定不能去看她的照片。只是修好之后，应她要求整理了一下文件夹。她觉得我比较可靠，问我能不能去家里帮她把网络也弄弄，因为家里的 Wi-Fi 信号总是不好。"

"你早就去过回龙观那个房子里了？"

"嗯，上次是第三次。"我知道他说的是云雁搬家的那一次。"之前去过两趟，第一趟家里没人，你们客厅里用的无线路由器太旧了，Wi-Fi 穿墙效果很差的，用户数也有限制，所以在房间上网经常掉线。然后我在网上订了一台 11n 的路由器。"

我："什么是 11n 的路由器？"

苏源："一种无线协议，目前家用路由器都是这种，不过过不了多久市场上就会有 11ac 的设备了，速度更快。"

我："是不是那种很多天线的？"

苏源："其实和天线多少没关系，只不过有些厂商为了图省事，设计成这样……"

我："好了好了，别想转移话题，怎么讨论起路由器来了。你换了台路由器，然后房子里的网络就好了，后来呢？"

苏源："后来，林泉和赵宁就回来了，我就走了。"

我："啊？你要滑头，说重点。"

苏源："哎呀，你问我问题嘛，我肯定要先回答啊。好，好，我说重点，就是通过这些事，就跟云雁熟悉了。然后云雁给我讲了她小时候的事。她说七八岁时，父母在广州打工，她跟着奶奶过，有一天在村子后面山坡的树林里被人欺负了。开始她只当是跟人打架打输了，对方是大人嘛，当然打不过，不过她觉得很奇怪，对方为什么要脱她的裤子。还有，上中学时有个语文老师对云雁挺好，这老师是个文艺男青年，大学刚毕业，学校安排他住在一间小办公室里。云雁有一次把小时候的事讲给他听，说那个人当年跟老师现在一般年纪，对自己做过奇怪的事，结果这男老师顺着她的话把奇怪的事又做了一遍。上大学后她才明白怎么回事，发誓一定要报复。"

果然，云雁给苏源讲过一些连我和林泉都不知道的隐私。我不高兴他们曾经有过这样的交流。不过，还是克制了一下。我问道："她怎么报复啊？"

苏源："云雁先去找那个语文老师，老师给她道歉，说自己很喜欢云雁，当年误会了她的意思，没控制住，还说女孩子多少、迟早都会经历这样的事，叫她别说出去。云雁气不过，就去校长那边告状，男老师被开除了，这事在当地闹得很大。那老师只好跑去广东打工，结果没多久被人杀了。"

我："啊？死了？和云雁有关系吗？"

苏源："当然没关系，云雁哪有这么大本事，这老师纯粹就是偶遇歹徒了。"

我："算不算恶有恶报啊？"

苏源："可以算，也不好这么说。云雁对这件事的感情也很复杂，她希望那老师受到惩罚，但不是这么重的惩罚，何况本来就是个意外。如果语文老师不被开除，就不会去广东打工，不去广东打工，就不会死了。所以呢，她有时候也会难过。"

我："该死的难道不是第一个性侵云雁的人吗？"

苏源："但云雁找不到那个男人。"

我："不是她们村里人吗？"

苏源："不是。据说是个经常来她们村里串门的年轻人，那件事之后就消失了，云雁一直没找到线索。"

我："又扯远了。我问的是你跟云雁的事，怎么又讲到二十年前去了？"

苏源："有关系啊，正是因为云雁跟我讲了这些事，我们才成为朋友的啊。"

我："所以你也依葫芦画瓢，学她们语文老师？"

苏源："当然没有。"

有没有这种事，我也没法知道，只能表达一下担忧和愤怒："哈，我知道了，你怕了，你怕做了这样的事也不得好死。"

苏源："这话怎么说的，有这么诅咒人的吗？我又没干坏事，再说了，我们年龄一样大，不存在谁欺负谁的问题吧？"

我："到重点了，你对云雁干过什么坏事？"

苏源："我现在向你承认，刚开始确实有那么一点感觉，是因为她的外形。"

我："嗯，很性感是吧？反正泡个美女也没什么损失。"

苏源："但是后来，发现我跟云雁根本不合适。"

我："你讲的话太抽象了，不好理解，都是什么'有那么一点感觉''不合适''一般朋友关系'，能不能具体一点？OK，你不愿意说，那么我来问你来答好不？"

苏源一见我急了，只好连连点头。

我："你睡过云雁没有？"

苏源："没有！"

我："身体接触呢？"

苏源："真没有。"

我："是不是想过。"

苏源："嗯，应该是吧，很久之前的事了，我不记得了啊。"

我："你回答我的问题就好，解释什么啊？那么，你们最亲密的行为是什么呢？"

"好的，我来讲细节，就有一次抱了一下她的腰。"苏源赶紧答道，"当时确实是想和云雁有亲密关系，陪她去天津玩，住在同一个房间，订的双床房。结果那天云雁来例假了，所以不可能对她做坏事。而且她那天晚上在酒吧喝了很多酒，回来又哭又闹，讲小时候的遭遇，以及在公司遇到的人，有的男的很恶心，给她发很暴露的图片。她讲完对男人的想法，我就知道不合适了。云雁的心气很高，她说她对男人要求也很高，一定是能成就她的，否则就报警。"

终于问出"好事"来了，他们果真游走在情侣关系的边缘，我就觉得，女人的直觉不会错。不过，我还是再控制一下吧，把故事听完，"怎么就到要报警的程度了呢？"

苏源："刚开始我也觉得很突兀。云雁说，她对异性之间的亲密关系有恐惧感。类似这样开房的情况有好多次了，每个接近她的男人都想和她睡觉，但都不想对她负责。之前有公司高管，有客户，以及那种有点名气又不太红的公众人物，都采用过一起旅行开房这招，不过云雁每到关键时刻就会说STOP，否则报警。之前打过两次110，警察都来了，把对方吓得够呛，哪有心思干坏事。"

我心里暗骂云雁"绿茶婊"，但还是不能表现出来，毕竟她是受害者："哈哈，云雁做得好，对付你们这种臭男人就应该这样。不过她现在看起来成熟很多。"

苏源："当然，在天津那天晚上没报警。云雁说这是一种应激反应，每次到可能发生亲密关系的时候，她就会很紧张，然后神经质地强烈拒绝，将来谁能突破这个障碍，谁就能成为她的老公。她说幸好我没有得到她，否则会被她折磨死的。她相信我会对她好，但是她来北京的目标不是找一个像我这样的男人。她说'你这种经济适用男承载不了我的梦想，我并不想做那种独立自主、只靠自己打拼的女人，我一定要借别人的力量达到社会的顶层，实现自己的梦想'。我听到这些话都吓死了，怎么还能对她有欲望呢？"

我："这就吓死了？"其实这非常符合苏源的性格特点，他从来就不敢做太出格的事。

苏源："你不知道她的应激反应有多厉害，一会儿哭，一会儿笑，一会儿很凶，一会儿又很温柔的样子。"

我："有那么严重吗？我怎么没见过。"

苏源："你又不是什么有亲密关系的男人，怎么能见到她魔鬼般的一面？"

我："可是你见到了我魔鬼的一面。"

苏源："嗯，你，还行吧。"按当下的流行语就是，他的"求生欲"很强。

我："我告诉你，每个女孩都有这样的两面。既有光鲜漂亮的一面，也有邋遢和难堪的一面，所以呢，你以后见到漂亮女生，就要想到她也会抠鼻屎，也会拉屎，也会有坏心眼，懂了没？"

他长叹了一口气，"好吧，懂了。"

苏源中计了，终于坦白了他和云雁的秘密，不过此后很长的一段时间里，我只要不开心，就要拿他们的小秘密说事。我对他俩的既往关系相当不满意，最好他们原本就不认识。可现实中苏源是通过云雁认识我的，这个结就永远解不开。

苏源离职帮我创业后，业务进展更加顺利了。可是我总是担心被公司发现，稍有风吹草动就很紧张。我还不想失去这个平台。

有天，我接到了兰姐的电话，"夏凡，听说你住在西直门，刚好路过，给你打个电话。有空下来喝个下午茶吗？"

有重要客户约我，当然应允。我立即下楼，兰姐停好车，几乎和我同时到达西环广场的一间咖啡屋。

她见面的第一句话："听说你业务开展得不错啊。"我心中一惊，难道她已经知道我在外面做自己的事了？会不会传出去了？而且她听说我住在西直门，听谁说的？

"谢谢兰姐支持。"这么回答不会错，既有礼貌，又不暴露更多信息。

寒暄一阵过后，我确认她刚才说的都是客套话，而且重点不在之前的工作上。果然，一刻钟后她话锋一转，"夏凡，我们最近做了一个女性读书会，可能对你的工作有所帮助。"

"哦，上次听您提到过。"

"不是之前的模式了。早先我们组织线下活动，一般十来个人，顶多二三十，都是比较优秀的女性，读读书，聊聊天，聚会什么的。现在我们做了一个正式的商业化的读书会，线上线下一起做，面对全社会，没有门槛，已经注册了几万名会员了。"

"哦，发展得挺快的。"

"现在呢，我们缺一个管理读书会的人，既要在女性领域有一定的工作经验，懂得如何运营管理，还要有一定人脉资源。怎么说呢？我们是按照合伙人的标准来找人的。夏凡，虽然你很年轻，但这两个标准都符合，所以今天来找你，主要是因为这件事。"

"哦。谢谢兰姐的肯定，还亲自跑一趟。"听了这话，我没什么特别的感觉，难道被人表扬几句就要跳槽？我在公司干得挺好的，苏源还帮我经营着一些互联网广告业务，为什么要去帮别人做读书会？

"哪里话，要请得动诸葛亮，就得三顾茅庐，不要说三次，我再多跑几次也愿意，就是怕话没说清楚，就被人拒绝了。"她似乎听出来我没有心动。

"夏凡，你是个极其聪明的女孩，有些话我就直接讲了。我们这个女性机构，既有帮扶女性的社会责任，也有商业属性。之前的各种活动，同时也是我们招募会员的渠道，有了这么大一个群体，也就有了市场。妇女能顶半边天，在花钱方面，可不止半边天。在我们的平台上选购产品，可以避免上当受骗。我们最懂女性嘛。

"每个时代召集会员的方式不太一样，之前主要通过线下的方式，跟妇联、工会、街道办搞活动，跟妇科医院合作，在航班上做广告……各种花样都试过了，我们做了这么多年，也才几千名会员，当然，这些会员的质量相当高。互联网起来之后，我们也在不断尝试通过网络发展会员，还花了不少钱做广告，效果一直不理想。互联网泡沫破灭后，我们又转回了线下。

"不过最近我们发现态势不一样了，通过微信、微博这些社交工具特别能聚拢人气，我们的公号才发布没几周，就有了几万会员。当然，我们的目标是三千万女性会员，按照目前的模式是达不到的。传统会员线下转线上，再拉人头，靠我们这些人的影响力，已经到达极限了，需要更懂互联网、更有想象力的人来运营。我认为像你们这个年纪的女孩比较适合，举个例子，前段时间有个小女生写了一篇关于如何穿搭既省钱又不显得廉价的公众号文章就有好几万的阅读量，还有个刚生孩子的年轻妈妈讲怎么给孩子喂奶，居然有十万加的点击量。如果我们的平台也能通过这种方式来积累人气，千万粉丝就有希望了。

"夏凡，我们女性读书会这一块，新成立了一家公司，采用合伙人制度，主创人员都可以拥有股份，我觉得你可以好好考虑一下。你现在公司负责的这块业务，就算自己全部拿出来做，能有多大空间呢？将来我们的女性读书会，有几千万会员规模，将来上市后做什么不行啊？相当于一个中等国家的人口规模，这是多大的市场啊。

"姐的心态很开放的，各种能人都欢迎，谁有能力谁做老大，不看年龄不看资历，众人拾柴火焰高，我们需要你这样的年轻女性加盟。我们现在还没开始融资，你加入进来，就是创始人之一，相当好的机遇……"

兰姐话术高超，这一番话确实让我心动了。最近的采访中，我也接触到一些机构想做这样的业务，不过她们的机制都不够灵活。兰姐虽然出身草莽，没有什么电视台主持人、杂志主编的光环加持，但她懂市场，路子更野，在创业初期，行动力才是第一位的。兰姐描述的女性读书会前景，已经远远超越了我所在的互联网公司的想象空间。我和苏源的小公司虽然也赚钱，但生意都是别人给的，赚点辛苦费而已，没有想象空间，也还谈不上什么市场开拓、竞争力。

是机遇还是坑？该怎么决策呢？

国 贸

我跟苏源说："这次不打算跟她们三个商量了，直接加入兰姐的读书会吧。公司账上有 100 多万，对我们来说是很大一笔钱，不过跟人家兰姐的事业比起来简直小巫见大巫，都拿来入股吧，否则我们占不了多少股份。"

苏源："我觉得女性读书会是个很好的端口，有很多商机，兰姐讲得没错，可是我对她本人有点顾虑。你知道，做生意这种事，对事也得对人。我总觉得，跟你说的一样，兰姐路子太野，年龄是我们的两倍，我们可能吃不住她。另外，跟互联网泡沫一样，读书会是不是也有泡沫，还是说时机不成熟？"

我："什么泡沫不泡沫的，事后才知道。你说我们吃不住兰姐，根本就不成立，我们能吃得住谁啊？现在这些小生意都是赵宁介绍的。人家广告公司想给就给，不想的话，分分钟就没了。"

苏源："话虽如此，但能把事情做清楚的人也不好找，我们还是有价值的。我们的公司虽小，但是风险可控。兰姐的事业虽大，我们什么都控制不了，说白了还是打工，股份也不知道什么时候才能兑现。"

我："典型的小富即安心态，这样下去我们什么时候能在北京买得起房子？云雁才不会这么想，人家从一开始就想着过顶流的生活。"

苏源："其实 100 多万可以做首付了，在回龙观买个小房子够了。只不过我们没有购房资格，五年社保的要求还达不到。"

我："才不要住回龙观，我刚从那里跑出来。"

苏源："别看不起回龙观，到西直门挺方便的，现在也要 3 万块一平方米好不好，同样不是普通工薪阶层买得起的。"

我开始生气了："云雁说得没错，你就是经济适用男，跟你在一起，永远都是鼠目寸光，人生缺乏想象力。"

苏源："反正这些钱是你的，我们现在只是男女朋友关系，决策权在你。"

我："哼，谁当你是男朋友了？我们只是合伙人好吧，严格地说起来，你只是我的员工而已。"

苏源："好吧。不拿薪水的员工，没有分红的合伙人，不是男朋友，只是给你端茶倒水、洗衣做饭，以及各种打杂的仆人。"

我："别这么说，你原来的工作价值也不高，也实现不了你的理想，你跟别的女人在一起，也得干这些活，所以才选择跟我在一起。远的不说，人家云雁也没看上你啊，别人不要的东西，凭什么我来接盘……"

苏源："你又来了，每次都是这些话。"

我："就这些话怎么了？爱不爱听我都得讲……"

…………

与苏源的讨论不欢而散，不过我还是毅然决定加入兰姐的读书会。苏源帮把款打过来之后，我立刻就转入了兰姐读书会的账户，兰姐这家新公司随后在工商局做了股东名单变动，增加了我和其他几位女性。

为了工作方便，更为了兰姐"看得起"，我搬进了国贸公寓，独自租了一个小开间。读书会的工作非常繁忙，各种聚会也相当多，客观地说，国贸的这间小屋子虽然很贵，还是发挥了很大作用。

国贸不但交通便利，还是个豪华商场，逛街特别方便，我可以天天去看我的 Jimmy Choo。我曾想过，在赚到第一个100 万之后，就给自己买一双 Jimmy Choo，可当时钱都投到兰姐的读书会里去了，买鞋的钱也拿不出来。有一天，我了解到 Jimmy Choo 为了配合迪士尼真人版灰姑娘电影上映，推出了一款新的水晶鞋，灰姑娘的主演 Lily James（莉莉·詹姆斯）在电影首映礼上穿过它，鞋子上有 7000 颗水晶，46 颗钻石，所以要将近 3 万块。这款鞋子比全智贤《来自星星的你》亮片款更能吸引我，太漂亮了，我甚至觉得电影上的灰姑娘也应该穿这款鞋子出镜才对。如果不是店内没有 34 码现货的话，我宁可刷爆信用卡也要拥有它。这种疯狂无人理解，所以我选择每天午饭前后偷偷跑去看橱窗里的它。

我又试图跟苏源讨论鞋子的事，希望他能鼓励我预定一款

33 码的 Jimmy Choo 水晶鞋，当然，他能透支他自己的信用卡送给我这双鞋子最好不过了，或许我可以考虑和他复合。

结果他一口咬定我疯了，"夏凡，你太疯狂了，这些钱足够你买一套房子的啊。一会儿投资兰姐读书会，一会儿预定 3 万块的鞋子，难道你的 100 万能同时做几个用途吗？鞋子居然还要半年才能交货，半年后就冬天了，北京这天气，还怎么穿高跟鞋？"

我二话不说，立即挂断了电话。

我名下有了两家公司，一家是参股，一家是控股。苏源还住在西直门，虽然跟我若即若离，但公司还是他在打理。不过我的开销比较大，公司账上又没什么钱，他决定将主卧出租，自己住朝北的次卧。

在国贸稳定下来后，我才把投资读书会的事告诉她们三个。云雁的意见是"撑死胆大的，饿死胆小的。我们还年轻，有机会就试，想这么多干吗"？她认为我也得打造自己的个人品牌，作为读书会创始人，微信的个人公众号、微博账号也得有一定热度。她还给我介绍了一个朋友，说是可以给我做宣传，迅速增加粉丝。

"怎么增粉？"

"我不知道，加了微信问问不就好了。"

结果对方告诉我，就是花钱在微博上买粉。

"这些粉丝能干吗？"

"点赞，转发，有时会评论，总之别人看到你粉多，就会关注你。"

我点开她所说的成功案例看了看，果不其然，每条微博下面都有很多赞，还有一些评论。不过仔细看看，评论都不在点子上，显然很不走心。我又把这些粉丝一个个点开分析，他们的微博没有原创内容，像是被机器操控的，评论也都是些不痛不痒的语句，这哪是做宣传的粉丝啊，全都是僵尸粉、机器粉！

我决定不再与云雁的这个朋友联系了。

可是第二天早上一起来，我的微博上多了无数红点点，点赞、转发和评论都在三位数以上，再一看粉丝数，一百多万，我一夜之间成大 V 了？晕。

怎么回事？不等我多想，就收到那位"朋友"的信息了，她说已经帮我增粉 100 万，收费是 10 万元。

"什么？ 10 万？！我没让你增粉啊。"

"云雁介绍的时候，就是这么个意思，要不你找我干吗？大家时间都很宝贵，没事闹着玩呢？"她的态度很强硬。

"昨天没同意，再说我们连面都没见过，也没签合同啊。我看过了，都是一些僵尸粉，意义不大，麻烦您把这些粉丝移除吧。"

"没办法，增粉可以，移除粉丝难度更大。我们互联网行业，讲的就是效率，要什么合同，意思到了就行。付款也很方便的，直接微信转账就行。"

"我没这个意思，真的不需要增粉，麻烦清掉吧。多谢！"

"不好意思，这个就跟点菜一样，上菜了就没法退，成本和劳动都付出了，总不能让我们这么多人赔钱给您干活吧？而且清粉成本更高，双倍价格。"

双方都用上了"您"这个称呼，就是不打算和谈了。

"您把粉丝移除吧。"

"不可能，要不你自己用微博工具慢慢清粉吧。"

其实我已经尝试过自己清粉了，不过刚清理一批，几分钟后又补了上来。搞不清是什么原理，不过"僵尸粉"这个词倒是非常确切。

"这位女士，我可以报警的。"我郑重其事地告诉她。

"没关系啊，这是您的权利。不过我要提醒你，现在的事实是，我们还没收到钱呢，您的粉丝已经 100 多万了。再说了，这属于商业纠纷，应该向法院起诉，警察凭啥就听您指挥啊？我的建议是，有事好好商量。您觉得出多少钱合适呢？"

"反正我不会付款。"

"我们的客户还从来没有敢吃霸王餐的。您总不希望微博上都是负面评论吧？"

她居然威胁我。我顿时有一种唐僧掉入盘丝洞的感觉，越挣扎越无力。只好暂停争执，向云雁求救。

"你这什么朋友啊？还强买强卖？我说不用增粉，这个女人硬塞给我100万僵尸粉，还向我要10万块钱，不是敲诈吗？"

"哦，他是个男的，注册了很多微信号，这个头像是女性而已。"

"什么？！你居然推荐这种人给我。"

"他们这个行业都是这样的。不过我没想到对方狮子大开口，我觉得花个一两千块钱，加个几万，最多10万粉就可以了啊，经常有人点赞、转发不是很合算吗？"

"什么啊，我看他们增粉的那些账号，就刚开始有转发，后面就没动静了，都是僵尸粉！"

"他这么做就太过分了。"

"而且一下子增100万粉，人家一看就是假的嘛。"

"我去找他。"

云雁交涉的结果是让我付5000块钱给对方。

"5000块也很多啊，问题是我不需要这些垃圾粉啊。"

"夏凡，算了，我以为网上那些人都这么搞，所以才推荐给你。别傻了，5000块差不多了，网上的事，虚虚实实，谁搞得清楚？我只能调节到这个程度了，我们没必要给自己找麻烦是不是？你现在是读书会的负责人了，不能有这种负面新闻。要不这样，这5000块当中我出2000，如何？"

话说到这份上，只好咽下这口气了。我觉得让云雁掏2000块钱总不合适，对她来说可是净亏损，便说她也是出于好意，不用对此负责。不过她一再坚持，我只好转给她4000块，让她转交那位"朋友"。云雁立即照办，还将 5000 元的转账截图发给我了。

于是我的微博账号多了几十万僵尸粉，既没多少点赞，也没什么转发量，尴尬极了。

"我在兰姐这边什么事还没做成呢，先吃了一只苍蝇。"我只好向苏源抱怨。

"这算什么啊，以后要面临的困难多着呢。再说这件事跟创业一点儿关系都没有。该做什么还得做啊。"

居然还有这么劝人的。我不高兴了，"尽讲些心灵鸡汤，哪件事不是我先冲在前面，都弄好了再换你来做。现在说这个，又是事后诸葛亮。"

作为运营总监，我干得很卖力，就是那种自以为很充实的干法，每天早上精神满满地通过网络为大家领读，然后去公司上班，每天夜晚枕着希望入梦。还需要经常出差，跑了几十个城市去见合伙人和当地文化机构负责人。这一年结束时，我们的读书会发展到了 50 万名会员，虽然和千万的目标差距巨大，但毕竟迈出了第一步。

年底，兰姐和我在国贸大饭店举行了盛大的庆功宴会，各部门都得到了表彰。还有各地的城市合伙人，她们往返北京的差旅费都是我们支出的，所以玩得特别尽兴。

大家正忙着合影，兰姐端着一杯鸡尾酒，把我拉到一个角落里聊天，她说："下一步我们要做的是融资，只有融到资金，我们才能更快速地拓展会员。"

的确，跟那些创始人为知名电视台主持人出身，具有鲜明 IP 特色的读书会比起来，我们缺乏市场"拉力"，单靠会务宣讲和城市合伙人制度拓展会员都已经达到能力极限了。按目前的运营模式，至少要有 100 万付费会员才能盈利，而目前的 50 万注册会员中，只有不到十分之一是付费的。

对于我这个年龄的女孩来说，融资无异于天方夜谭，"我能做什么？"望着楼下国贸桥的车水马龙发呆，从庆功宴到压力倍增只差一句话工夫。我总感觉兰姐的话里有话。

接下来的几个月，我除了带领团队小伙伴到处拓展渠道之外，还广泛联系之前的采访对象，以及各种投资机构，希望能找到资金，虽然兰姐说融资不是我的工作。

读书会的工作太忙了，我已经顾不上自己公司的互联网广告业务了，也没时间来写文案，把这些工作都推给了苏源。他打来的电话，我也很少接。直到有一次，接到苏源的电话都半夜了。

苏源说："其实这段时间的业务并不是很理想，有时间的话，去趟上海，看看能否去赵宁她们总部做点工作，她们北京分部的业务已经稳定了，所以对广告和软文等的投放都减少了，上海的业务应该是当地的一家广告公司负责。"

我："哪有时间去上海谈这个？我不能分心，得先把读书会的事情做好，100 多万投在里面呢，公司将来上市，我的股份市值能有百倍的增长。如果做不好，就什么都没了。这点小生意随时都可以去找，还得分个轻重缓急。"

苏源："你知道我是干 IT 的，写稿子有点勉为其难了。说是开公司，实际上我们只是家小工作室，靠个人能力赚取劳务费，当然，这样的劳务费还挺多的。现在有些稿子是找外面的人写，花钱不说，质量还差，关键是时效性没保证。如果这样搞下去，仅有的这些业务也很难维持。"

我："这些我知道，已经顾不过来了，要不就停停吧。"这是我的真实想法，小作坊式的工作模式不是我的追求，自从搬到国贸的那一天起，我就对写文案做广告投放的工作没兴趣了，它既不能成就我，也不能赚取大量的金钱，鸡肋而已。我的态度是，有苏源在维持着就继续做下去，不做也行。

苏源："你什么时候有空，见面跟你聊聊。"听起来他真的很想找我聊聊，可是我对这些话题没什么兴趣。从相互关系上看，我觉得自己本来就对苏源没有什么深厚的感情，搬到国贸后就更加疏远了；从工作上来说，如果他提出放弃，再好不过，我顺水推舟结束这些小业务。

于是我答道："真的没有时间，读书会的事情跟想象的也不一样，我已经资源耗尽，没法再思考了。"

挂完电话后，我居然一刻也没多想就睡着了。

过了几天，我收到苏源的信息，好长好长，可能是他写得最好的一篇文章了。他说想了很久，还是把目前的项目收收尾，想回老家西安去发展。他原本就是做 IT 的，所以准备和高中同学一起在西安创业，做 IT 服务外包，线上接单，线下派单给合作机构。这些合作机构可能是地市县甚至乡镇、街道一级的小电脑公司。现在下沉市场的 IT 服务很乱，通过线上加线下，连锁加培训，还是有很大市场空间的。比如说像我这样的单身女孩子，电脑或者网络有什么问题，如果没有公司 IT 部门支撑，要么找熟人处理，要么抱着电脑去门店。等待上门服务的话，要么时间太长，要么成本太高，还涉及安全问题。连锁化 IT 服务外包就可以解决这些顾虑，低成本、可靠、快速、安全。

他讲的这些我不是很懂，听起来很有道理。我知道，任何创业都跟最初的想象不一样，既然他有勇气走出这一步，也很不错，值得鼓励。于是我说了几句好听的，算是分手告别。

苏源说他将公司相关的营业执照、公章、打印机、发票等等都打包好了，想给我快递过来。

我连忙说不，"你知道的，我最怕这些东西。"

苏源："好吧，我也想到了这一点，那么我委托一个朋友保管这些东西，需要时你去找他。他在西直门有套房子，地下室的保险柜可以寄存这些东西。"

这件事我很快就忘了，依旧全力扑在读书会的事上。

我发现，投资人不愿意投我们读书会的主要原因不是会员数量不够，也不是我们的商业模式有问题，而是股权结构不明晰。

除了我们后来加入的几个女孩之外，公司之前股东结构特别复杂，有好几级间接持股设计，不管是投资人还是我，研究了半天，连兰姐究竟持有多少股权都搞不清楚。

赵宁给我分析道："这种情况，机构投资恐怕没戏了，只能找个人投资者了。兰姐说得没错，融资的事，只有她自己能搞定。"

"我现在进退两难啊，自己公司的业务都停了，跟兰姐合作的读书会又卡在中间。"

"我觉得你可以跟兰姐谈谈，说不定她已经有想法了。"

"她有什么想法呢？"

"说不好，都有可能。"

等不到我找兰姐，她就主动找我聊天了。

"夏凡，我们的融资一直没进展，而读书会关联的网上商城也一直没起色，要维持这么庞大的会员体系要烧很多钱。这段时间各方面的压力都非常大。"

"我知道，我们可能要先找天使投资人，现阶段机构投资比较难。前几天有个电视台出来的姐姐说这周末过来看看，她之前不是主持人，是个编导，下海后转做投资，我们可以听听她怎么说。不过据中间人讲，她投天使轮的话，顶多只有500万，还得占20%左右的股权。"

"嗯，挺好的，谈谈看。难为你了，一个小姑娘还能找到这么多机会。"

"哪里话，兰姐，我负责运营嘛，各方面都得尽心尽力。"

"夏凡，你还记得两个月前我们请来做线上访谈节目的易姐吗？"

"当然记得，只要是个中国人就认识易姐，从知名主持人起家，又嫁入豪门，现在是传媒大亨了。怎么？她有意向投资我们？"

"她对我们的基础组织架构比较看好，一个想法是导入她的个人 IP，但要拿走大部分干股；另外一种是将读书会打包出售给她，但估值极低。"

"哦。"我不想主动发问，无论哪种方式，都是兰姐占大头，如果是好事，她吃肉，我们喝汤；如果是坏事，她割肉，我们抽血。而且以上两种玩法，对于我们小股东来说有区别吗？

"我的看法是，我们主要还是缺乏品牌号召力。即便引入风投，将来的发展风险也是很大的。所以，易姐这次，可能是我们最好的机会。知道吗？我们上月的工资都是几个城市合伙人预付明年的加盟费才发下来的。"

"这个我倒是知道。公司现在资金困难。"

"这周五我们开个会吧，读书会的运营团队都参加，我要跟大家商量一下。"她明明都想好了，还商量什么？我的心里满是疑问。

　　兰姐的态度变化太大了，明明前段时间还在积极找融资，这会儿就要放弃了？于是我又找云雁讨论。云雁听说兰姐要将读书会卖掉，大吃一惊，"感觉这事没那么简单，让赵宁和林泉一起出出主意吧。"于是我们在"租房子的女人"群里展开了讨论。

　　云雁："我的感觉是，兰姐已经跟易姐谈好了，只是先给你这个运营总监打个招呼，周五开会就是宣布结果了。"

　　赵宁："兰姐是绝对的大股东吗？"

　　我："没错。不过股权结构很复杂，名义上她只有20%不到，但是通过各种第三方，实际占比估计有80%，我只有10%多一点。"

　　林泉："就是说，你们刚开始是按1000万的实缴资本开始创业的。"

　　我："嗯，没错。"

　　赵宁："不对，夏凡这100多万和其他员工的都是实缴资本，但兰姐的未必。应该是股权投资。有没有想过，这个读书会从头到尾，就是靠你们这些合伙人的两百万在运营，你就是天使投资人？"

　　我："我加入时，已经有几万会员了。"

　　云雁："不对，这几万会员就是兰姐之前十几年的会员从线下转线上的，并不是增量。关键问题是，夏凡虽然负责运营，但财务和人事一直在兰姐手上。另外，读书会的网上商城跟兰姐原来公司的女性商城也是合并运营的。"

我："没错。"

林泉："问题就出在这里，读书会可能并不是纯亏损的，会员的流量和收益很有可能被转移到兰姐原来的公司去了。"

我："网上商城是有一些收益的，只不过相对于读书会的拓展费用来说微不足道，网上商城的数据，财务给过我数据，不过财务对兰姐负责，如果数据造假的话，也是没法了解的。"

赵宁："这次兰姐和易姐之间应该是已经谈妥了，人家占80%，小股东没有话语权，你是兰姐之外第二大股东，只要把你搞定就行。"

云雁："我有一种感觉，之前不敢说。"

我："都说了一半了，就讲出来吧。"

云雁："其实呢，创业风险很大，九死一生。兰姐找夏凡一起创业，可能根本就没想做大，或者说，客观上不具备做大的条件。你们一无资本，二无名气，拿什么来做读书会？就靠兰姐那几万'种子用户'？这些用户年龄偏大，购买力一般，关键是过于理性，不具备互联网冲动消费的潜质。"

我："没错，兰姐那些老会员根本不算种子，城市合伙人是我加入之后通过各种新活动加盟的，城市合伙人才算种子。"

云雁："那就对了。兰姐呢，自己没本事发展渠道，她没有想到城市合伙人这一招，或者说她想到了但是拓展不了，或者她的信誉不够，Anyway（不管怎样），而夏凡有这样的闯劲，实实在在地帮她闯出这条路来了。对于兰姐来说没投入什么成本，夏凡就是天使投资人，自带 100 多万资金进来的。现在呢，做到这个规模，夏凡也无能为力了，所以兰姐觉得养大的鸡该卖掉了。"

林泉："话说得难听，但有一定道理。现在的问题是，人家是大股东，要把读书会卖掉，咱也阻止不了，不过咱投了 100 多万和一年时间呢，总不能让咱吃亏吧？"

赵宁："如果是这样，夏凡也用不着找大家商量了。现在的问题就是，兰姐的运作不透明。你们说，存在这么一种可能不？明面上交易的价格很低，兰姐得到了其他好处？"

林泉："没理由啊，易姐是个公众人物，反正都要支出的成本，兰姐又占大头，易姐会为了这点钱配合兰姐搞七搞八？有这样操作的阴谋吗？"

赵宁："如果我们能猜到，就不算个阴谋。阴谋之所以是阴谋，就是事先你不知道发生了什么。而且，如果易姐购买这个读书会，她只和兰姐谈，兰姐怎么跟自己的属下和股东分配利益，易姐是不管的，至少现在还管不着。"

云雁："我要是易姐，现在就得了解读书会谁在实际运营，要把握核心能力啊。"

林泉："算了吧，我们认为夏凡是公司的核心，人家可不这么认为，她们可能认为那些城市合伙人才是核心价值所在，承上启下嘛，会员还不是靠城市合伙人招募的吗？现在夏凡能够一呼百应，带着这些城市合伙人另外成立一家读书会吗？我看啊，这些人一看易姐来了，久旱逢甘霖，巴不得抱人家的大腿呢。感觉夏凡就是连人带钱被利用了一年，现在连本金都有点危险。"

我："其实我也找到一个天使投资人，本来说好周末到公司来看看的，我觉得500万够公司渡过难关的，人家占20%股份，在目前这个阶段不算过分的。"

林泉："500万，20%，就是说估值2500万，一年时间，从1000万到2500万，没亏，但未必是兰姐想要的。这500万进去，一年后呢？核心问题没解决，兰姐的股权还稀释了很多，她不愿意的。"

云雁："那没关系啊，跟易姐做交易，只要兰姐不亏，我们夏凡也不会亏啊。"

赵宁："不好说，按网上了解的信息，易姐做生意的风格可是一毛不拔。不知道她跟兰姐达成了什么样的交易，我们也猜不着。其实我们也不用猜，今天讨论的这些，夏凡也能想到，还是等周五看兰姐出什么招吧。"

讨论到这里，大家已经把话说得很白了，就是说，预计后果很严重，但我还没法把控，人为刀姐我为鱼肉。

周五我们在公司等了一天，兰姐也没出现。核心运营团队的小伙伴们，准确地说就是投了钱、有股份的小伙伴们都在偷偷看我，看我脸上有什么样的表情。其实她们投个3万、5万，最多不过 20 万的，就是一个包包的钱，怎么能跟我的 100 多万相比呢？这可是苏源口中一套回龙观房子的首付啊。于是我面无表情地坚持了一天。

傍晚，兰姐回来了，召集大家进了会议室，她让财务念了几个数据。总之，公司严重亏损，几乎资不抵债。然后兰姐说计划成立新公司，注册资金 1000 万，易姐认缴和实缴都是 500 万，当然，这 500 万另有金主提供，我们就不用管了。另外成立有限合伙企业，认缴 20%，这家合伙企业由原运营团队组成，注册资金 100 万需要实缴，其中兰姐 60%，我 20%，另外 20% 分配给其余几位小伙伴，所需资金一周内缴齐。原公司在新公司象征性地占有 1% 股份，其余由兰姐之前的公司认缴，作为引入战略投资的预留股份。读书会的品牌更改为"一姐读书会"。另外，兰姐说还给大家带来个好消息，之前由于公司资金紧张，去年奖金没发，现在易姐以个人名义认购 1000 张 VIP 会员卡，这部分收入用来给我们核心运营团队发奖金，平均每位 2—10 万元。这样一来，多数成员已经回本了，他们可以将这些钱投入合伙企业当中，而且还有希望在新公司涨薪。只有我对着这 10 万元奖金欲哭无泪，自己投入的一百多万现在缩水 100 倍，只占千分之一点多的股权，几近于无。这 10 万元奖金是否还要投进新的合伙企业中呢？如果要投，还得追加 10 万元，我才能间接持有新公司的 4% 股权。可是我连这 10 万元都拿不出来。

对于这样的结果，我感到无奈，甚至想找兰姐吵一架。然而我不能够，因为浑身发软，一点儿力气也没有，甚至从国贸写字楼到国贸公寓这一小段路都不知道怎么走回去的。

云雁分析道："你是唯一的输家，100多万打水漂了。看起来兰姐损失更大，可是她之前投入的资金肯定很少，虽然股权变少了，但她拥有的不只是12%的股权，肯定从易姐这边得到了其他好处。"

林泉："有什么办法能把钱追回来呢？"

赵宁："别人早就想好怎么应对了，所有的流程都合法合规，就是不符合人情和常识。现在夏凡还面临一个艰难选择，就是要不要加入合伙企业，要不要交这20万块钱。"

我："我的想法还是退出，不管将来'一姐读书会'发展得多好，都不想参与了。"

赵宁："易姐的风格很强悍，你留在读书会做运营总监也是个傀儡，什么都说了不算。读书会更名后，灵魂人物就是易姐了，她怎么会信任你一个外人？其他人都可以用，唯独你和兰姐不能参与核心运营。不在公司打工，股权还是可以保留的。还是要好好想想，万一将来'一姐读书会'上市，就算价值10个亿，你也有几千万了。"

云雁："如果能到100个亿，你就成为亿万富姐了。"

我："这种概率太小了。眼下我这100多万就没了，自己还得贴进去20万才能保住4%的间接股权。"

赵宁："那要看你对'一姐读书会'的前途看不看好了。

先不要幻想上不上市，兰姐的做法，等于宣布之前的读书会倒闭清盘了。将来，读书会的竞争还是很激烈，运营权不在自己手上，命运就被别人掌握着。"

林泉："我还是觉得不对，应该找兰姐谈谈，明摆着欺负人嘛，这个读书会夏凡贡献最大，为什么还要赔钱？其他人都没吃亏，怎么就夏凡赔进去 100 多万呢？"

云雁："如果人家愿意谈，几天前就谈过了，现在宣布这个结果，意思就是你同意不同意就是这个结果了。要我说啊，还是把兰姐绑票了比较直接。"

赵宁："我们哪有这种黑道本事！这个方面恐怕人家兰姐玩得更溜吧？我也认为找她商量没意义，人家可能觉得 100 多万只值 4%。"

云雁："这 4% 是运营总监的权利，和 100 多万应该没关系吧！"

赵宁："没错。正因为是运营总监，读书会的二把手，所以去年夏凡才投入了 100 多万啊。现在虽然稀释到 4%，不过暂时还是三把手。易姐以 500 万加自己的名气，占 50% 成为控股人，兰姐以读书会创始人身份加既有资源，再支出 60 万，占 12%，外加代持的股权。从她们的角度来看，夏凡的一百多万外加一年的劳动，再加 20 万，刚好换成 4% 股权，不算少了。"

林泉："那怎么办？我觉得亏大了，说理都没地说去。不管怎么说，这 20 万块都不该交，直接发 20 万奖金，把原来的

100 多万换成 4%，这个要求不过分吧？"

赵宁："不过分，但人家明显不想给。我有个想法，大家不妨听我仔细讲讲。大多数情况下跟错了人会赔钱，但有时候跟着坏人可能还能赚点钱，只要这坏人坏得不那么彻底。夏凡既然跟着兰姐了，就说明兰姐不是纯粹的坏人，她只是比较自私而已。自私的人总是能赚到钱的。夏凡的股份从法律上有保障，只要兰姐赚到钱，自己也就能赚到钱。相反，跟着某些好人创业，可能赔得连裤子都穿不上，因为钱都拿来变相地做慈善了。兰姐这次虽然做得很绝，但是去年的薪资奖金还是拿到了的，也锻炼了能力。50 万会员是有价值的，平均注册一个会员耗费 20 块，就是 1000 万，按 5 万付费会员一个 200 块，也是 1000 万，所以 50 万会员不可能只值 1000 万。主要问题是夏凡加入读书会时投入的 100 多万太多了，兰姐就是按估值 1000 万让夏凡她们入股的，她自己没投入什么钱，当时兰姐只有几万非付费会员，不可能价值 1000 万。现在注册资金 1000 万，不代表公司只值 1000 万，易姐控股，加上读书会更名，实际估值应该翻了好多倍，只要拉来 A 轮融资，价值就体现出来了。所以按这个算法的话，间接持股 4% 并不算亏，兰姐应该就是这么算的。如果夏凡不介意的话，其实这 10 万可以补上，博取一个未来的机会。4% 的股权不拿，之前投入的 100 多万就彻底打水漂了。"

赵宁的说法没错，兰姐确实就是这么想的。第二天她给我打了个电话，说本来想请我喝个下午茶的，可是太忙了，只好电话里跟我解释一下。她说读书会转给易姐可能是最好的选择，大家的投资都能得到增值。但是呢，考虑到易姐运营读书会以及将来融资的便利，得成立一家新公司，股份没法直接转，只能通过这个方式，希望我能够理解。合伙公司这 20% 的股权就是她为我安排的，大家交的这些钱只是象征性的，主要是约定一个比例，实际价值肯定远远超过这个数，"十倍也不止吧"，她这么说道。

　　不管怎样，我还是认定自己吃了个大亏。接下来公司的运营情况果然如赵宁所讲，我被易姐架空了，她安排自己的人进来负责实际运营，我这个 COO（首席运营官）只能打杂。既没实权，薪资又不高，连兰姐也建议我"可以休息休息"，我便请了长假，计划去上海玩两周，时机成熟就离职。

金鸡湖

上次的上海之行，除了留下"纸醉金迷"的印象之外，我还觉得这座城市干净、整洁、有秩序，总之比北京精致。北京的优势在于它有很多高大上的明清古建筑遗存，上海这方面也不差，半殖民地时代的各国建筑也很漂亮。何况在和平年代，"纸醉金迷"也不算什么贬义词。

这次还是住在云雁的小房间里。第二天是周六，云雁听说我没去过苏州，要带我去苏州玩，进电梯前她说道："夏凡，你这次能来上海真是太好了。现在跟以前不一样，我们都工作了几年，吃住出行都不必像以前那样缩手缩脚了。"

"哦，我觉得上次来上海玩得挺好的啊。"

"这次体验会更好。"说完她就在电梯间按了 B1 层。难道云雁要去开车？看她开心得意的样子，我就不提问了。走出电梯后，她果然掏出了一把车钥匙按了一下，前方一辆红色奥迪A5 车灯闪了两下。

"呵，你买车了啊？还是奥迪，跟你很配。"云雁真是一个消费至上的女人，我除了赞扬她，想不出其他话来。

"还是你了解我。经常有人问我为什么不买MINI和甲壳虫，我都懒得回答。像我这样的女生，当然不会选那么可爱的车，我对车的要求是，既要商务也要好玩。"

云雁驾车穿过外白渡桥来到外滩，又从外滩上延安路高架，"看，这是上海博物馆，这是著名的龙柱……上海展览中心，后面是波特曼大酒店，这次的视角是不是很不一样啊？"

"的确，比上次乘公交车去朱家角舒服多了，哈哈。上次本来是要去乌镇的，就是因为没车才改成了朱家角。"

"岂止是舒服一点儿，简直太爽了。自从有了车，我的活动范围大多了，头一回知道上海这么大，原来上海真的有海，上次我开车去临港新城，竟然开了一个小时，和去苏州差不多了。"

"北京的郊区也很大啊，最近新开了一个古北水镇，建得跟乌镇似的，开车过去要两小时呢。"

"两个小时，就跟去崇明岛差不多了。这些地方都不太适合外地游客去玩，自己有车才方便。"

"崇明岛好玩吗？"

"看人，类似我这种都市女性，就适合待在城市里玩，我喜欢大商场啊、高级酒店、酒吧，人多热闹，就是你说的'纸醉金迷'的地方。可能像我这种小时候在山沟沟里长大的女孩子，天生就喜欢大城市，越大的城市越好。而赵宁这种从小在城市长大的女孩，才会一到周末就往郊区跑。"

"啊？早知道我就不去苏州了，就待在上海陪你逛商场。"

"不，苏州的市中心也很繁华，今天我们住的地方就在金鸡湖边上，叫皇冠假日酒店，种草很久了，今天终于可以去拔草了。上海市中心酒店我也住过啊，什么半岛、和平饭店、香格里拉，不过在上海住酒店就没有旅行的感觉了。"

听了云雁的话，我不禁又想起苏源讲过的往事。她又跟谁去住那么高端的酒店？

苏州园区这家酒店确实不错，远远望去，就像一艘邮轮航行在金鸡湖上。房间的阳台外，除了无敌湖景，还能看到著名的"秋裤楼"，光在房间里发呆就很舒服了。其实这里就是苏州的CBD，只不过它既是CBD又是风景区，难怪被云雁选中了。

不过第一次来苏州，各大园林、平江路、山塘街还是要去的，云雁陪我逛了一圈回来，两个人都累趴了。小睡一会儿之后，云雁满血复活，又要我陪她去楼下酒廊喝酒，照例又是一杯醉，她却喝了好几杯。

女人醉酒后谈的话题跟男人差不多，也是异性为主。

云雁问我："苏源回西安去了，你有没有再找一个啊？"她居然用一种调皮的眼神看着我。这样的眼神抛向一个女人太可惜了。她脸色白里透红，睫毛很长。我猜睫毛是接的，所以才那么好看。她今天化了那么好的妆，穿了那么性感的衣服下楼，理应成为今晚酒吧的核心。

　　真希望旁桌的几位帅哥能到吧台这边来跟她搭讪，顺便把话题给岔开。可那几个男生虽然眼睛一个劲地往我们身上瞟，却没胆子上前，他们相互谈笑着，重复着无聊的话题，没话的时候就喝酒，继续用目光上下扫视我们。在微醺的状态中，我觉得那些目光像是 X 光机，所有女孩的衣物都被穿透了。唉，早知如此，还不如像云雁一样穿得性感些。我头一回在公共场合有这么放肆的想法。

　　云雁的问题我还得回答。告诉她我这一年来忙得像条狗，根本没时间考虑这个问题？还是说其实自己还没跟苏源彻底分手，微信里还保持着联系呢？结果话一出口，跟上面两个选项都不同，我一定是喝醉了，"有找啊，要不这么长时间多难熬啊。"天哪，我也能说出这么"轻浮"的话来，小白兔的人设呢？

　　"告诉你一个秘密，"云雁靠近我的耳朵说话，"我上次去广州出差，就在酒店的健身房里找了一个，带到房间去了，ONS。"看着她脸红心跳的样子，我确认这三个字母说的就是我猜的那个意思。我大吃一惊，她竟然对我说这个。另外，我又开始担心她之前对苏源"下过手"。这是怎么了？我不是已经放弃他了吗？分手了啊，为什么要介意？况且，按苏源那个性格，可能性也不大。于是几秒钟过后，我就把苏源抛在脑后了。云雁跟我讲这个，就是把我当成最亲密的朋友了，总不至于明早起来醒酒了就杀我灭口吧？

　　看着她的两个小酒窝，很可爱的样子，也不像杀人犯，我深吸一口气，问道："啊？安全吗？"

"当然了，能有什么问题。据说刚入职某通信公司一年，小鲜肉啊。"其实她也没毕业几年，居然把刚毕业的男生看作小鲜肉了。

"我们也很年轻好吧。"

"都奔三了。反正小我几岁的都算小鲜肉。呵呵。"

"好吧。"

"我再告诉你一个秘密。"她靠得更近了。居然还有比ONS更隐秘的事要告诉我？看来今晚就会有危险，不会真的睡着后被云雁扔到金鸡湖里去吧？虽然这么想，但我还是按捺不住那颗八卦的心，将耳朵往她那边侧了侧。当然，也没别的选择，难道叫她闭嘴？

"我身份证上的出生年月是假的，其实我已经28了。"天哪，当是什么秘密呢？我"豁出命"去接收信息，结果只是这个？要什么"其实"啊？"其实"我根本就没看到过她的身份证，也从没关心过她的年龄，只依稀记得她比我早一年毕业。

"这没什么啊，好像有很多人身份证上的年龄都和实际的不符，特别是在农村。"

"按我们老家的算法，我就是29了，明年30。"

"照这么算，我也27了啊，没差多少啊。不过你们老家的算法也太虚了，这一虚能虚出两三岁来。"我故作镇定地答道。说实话，云雁的年龄根本看不出来，无论气色还是身材都比我好。

女人成熟之后，从 18 到 28，或者从 28 到 38，都是很难看出容貌差异来的，如果考虑到化妆后的效果，从 28 到 48，也不是那么好分辨。不信，看看伊能静就知道了。

"北京那男的，是做什么的啊？"

"北京那男的？"我被问傻了，半天才反应过来。刚才虚构了一个男人，结果被她记住了。云雁是想把话题引向我呢？还是随口问问？我可没准备好答案，怎么办？

"哦，就在国贸，做……做国际贸易。"脱口而出的答案，往往都没什么想象力。我住在国贸，就找了个做国际贸易的男朋友，这故事编得太将就了。

可是听者的想象力足够弥补故事的不足。云雁问道："哦，做国际贸易，年龄不小了吧，中国人还是外国人啊？"

她真想得出来，还中国人外国人，唉，这故事怎么编下去？

"中国，中国人。"

"哦喔"，云雁鬼鬼地笑了一下，"我知道了，是个外籍华人吧？"

"嗯"，事到如此，我决心试试自己故事接龙的潜力有多大，"美籍华人。"这个答案也比较大众化，有利于下一步胡说八道，如果说成其他国家风险更大。

"唉，跟我去年遇到的情况差不多。"听她的语气，准备开讲自己的故事。原来她问问题的目的，还是为打开白我做预热，我只要简单地回应，提着耳朵听她讲即可。就像乒乓球或羽毛球的陪练，人家正在练扣杀呢，我责任是将球弹回去，而不必考虑输赢。

"他在美国有老婆孩子的，我只是想看看，他愿意付出多大的代价来泡我。结果发现他胆子小得很，我很生气，又想看看事情闹大是什么结果，就给他老婆的邮箱里发了一些聊天记录。结果这男的就被他老婆抓回美国去了，杳无音信。没意思，都是些烂桃花，真没意思。嗯，不讲了。"

她说变就变，像小孩子的脸，表情沮丧。我正准备开启脑洞，为她的故事清理场地，结果故事就结束了，不免有些失望。经历了几次起伏，八卦的期望值不那么高了，也为了避免她以为我爱打听，便换个话题："说说你们老板娘的故事，上次去澳大利亚玩得怎样？"

"还行，挺好玩的。"云雁的情绪转换得很快，"你知道吗？老板娘的呼噜声可大了，我从没见过一个女人这么打呼噜。"前后不超过半分钟，她又兴奋起来了。

"你跟老板娘住同一个房间？"

"没错。她这个人很怪，坐飞机呢，每次都是头等舱、商务舱，我的机票自己买的，当然是经济舱，就没法坐一起聊天。然后住酒店呢，又在一起，开始我还以为是套房，她住里间我住外间，还担心自己成为她丫鬟。结果她就是订那种最普通的双床房，说套房全是大床不方便，而她想要有人陪她说话，说着、说着睡着了最好，睡不着就得一直聊下去。你说老板娘抠门吧，她每次还给我买很多东西，花的钱比机票还多。"

"对啊，还不如把来回机票给付了呢。"

"她这么做好像有个说法，就是说同行的人也要付出一点成本，否则就会太依附于她，没有任何自主性。我总觉得这种说法不成立，她是老板娘嘛，就算我全部自费，只要在一起玩也得顺着她啊。"

"可能她这个年龄段就这种思维，送礼、吃饭什么的有面子，觉得钱花得值。还有个可能，就是她有的是钱，买来的东西太多了，不一定都能用起来，既然这样，不如给同行的人买一些，反正购物的快感归她自己，东西归你。她给你买东西，都是她先看上的吧？总不至于你看上什么她来埋单吧？"

"没错，在澳大利亚给我买的东西，还真是她喜欢的。不过我也喜欢，所以不那么介意。"

"比如说你穿着她买的衣服、围巾上班，她在公司里看着也开心啊，你就成为她的模特了。"

"嗯，难怪公司里几个跟她走得近的女孩，拎的包包，穿的衣服，很多都是她送的，慢慢地都成了她的风格。"

"这就是老板娘对公司的文化渗透，她要在老板之外，发挥她的影响力，哈哈。"

"总之，她给自己花钱挺大方的，对员工方面比起老板来差很多。我们老板请人吃消夜，就连那种小龙虾也能吃一万多块。年底发奖金也比较痛快，一般额外的奖金都是发现金，一捆捆地发。据同事们说也是为了避开老板娘。"

"我还以为是避税。"

"没错，避税的同时也避开了老板娘。"

"哪些人有额外的奖金啊？"

"跟老板走得近的。"

"唉，说起奖金，我妈才搞笑，她们的妈妈群里喜欢攀比，就把我拍给她的一捆捆钞票的照片发在群里炫耀。你说傻不傻？我打电话去跟她说，这样人家会以为你女儿被人包养的。她很生气，说我管她太多了，说人家的儿女买房买车了，当妈的都会在群里炫，为什么她不能。"

"她应该发你的照片，有这么漂亮的女儿，本身就是一件值得炫耀的事。"

"说起照片更让人生气。她把我朋友圈的夜店照片转发到她们群里，就今晚这种露乳沟的照片，你说那些老太太会怎么想？唉，发照片也要分种类分场合的呀，我怎么说她都不听。"

"哈哈，你妈好可爱，那就别管她了。至于外人怎么想，一点儿也不重要。"

"从小我妈就没管过我，我在外面过得好不好她根本不知道，她认为我在北京上海工作是一件值得炫耀的事，到处去跟人讲。乖乖，我是在北京上海打工唉，又不是当老板。老板的司机都比我过得好呢。"

"那不至于吧。"

"老板的司机买房了，听说是老板给的钱。"

"这种司机可能算是老板的半个助理吧？要么是你们老板从家乡带来的，天天给老板开车，肯定知道很多秘密，算是封口费？"

"老板和老板娘的司机都是他们从老家带过来的。不过同样是司机，小媛就没那么幸运了，她的工资只有几千块。过年的时候还以为老板娘会发一个大大的红包，结果呢，只有6000块。小媛说，哪怕给个整数也好啊，开始还以为有好几万呢。人家一套房子，她想怎么也得一辆车啊。"

"她一个司机，开公司的车，24小时守候老板娘，还要什么自己的车啊？还是房子更实在。"

"其实老板娘有个小心思，也是她们这一辈人的想法，就是她承诺过给小媛找个老公，找个好男人嫁了，房子车子什么都有了，老板娘还不用花钱。"

"做媒是两边讨巧的事，真想得出来。那么，她有没有给你介绍呢？"

"有的，有的，我讲给你听哈。"云雁的情绪瞬间高涨起来，又点了一杯鸡尾酒。

玩到零点，也没有一位男士勇敢地前来搭讪，也许苏州这地方的人太内敛了吧。可住酒店的不都是外地人吗？也许我和云雁就不该在一起喝酒，单独行动，早就成了。云雁也是这么想的，回到房间，她就跟我说，其实一个人去酒吧艳遇的机会是百分之百，不过遇到渣男的概率也是百分之百。

洗漱完毕，两人还是没有睡意，就拉开窗帘看星星月亮，结果没什么星光，外面的景观灯倒是挺亮的。

云雁晕晕乎乎的，躺在床上继续讲她的故事："我这两年遇到的渣男也很多。有一次在上海，一个浙江的小老板，认识有一段时间了，算是富二代吧。也是这种类型的房间，在阳台上喝酒，风景也相当好。说实话，聊到半夜还是没感觉，我说还是回家吧，他想了很多办法让我留下来，我还是要走，他说开车送我回家，他居然停了辆悍马在车库里。我习惯性地去拉副驾驶的门，结果他说一起坐后面，我有个礼物要送给你。你猜是什么礼物？"

"项链？还是包包？不会是戒指吧？这个时候求婚好像太早了。"虽然云雁提示过对方是渣男，我还是得往好的方面说，故事要是被我猜破，她就讲不下去了。

"什么项链！他把裤子脱了下来。"

"啊？"

"我被他吓傻了，酒都醒了一半。还没反应过来呢，他就把手伸到我裙子里面去了。"

"这种情况，一般人都反应不过来。"我只好这么安慰她。

"他开车的时候，我就说今晚不对的，违背女性意愿算猥亵。然后就骂他不得好死之类的，总之一些很难听的话，我都不记得了。"

"当然得骂。"

"结果等我下车后，他把窗户摇下来，叫我的名字。我回过头去后，他对我说了一句话。你能猜到他说什么吗？"

"我想想，按电影里的场景，要么说对不起，要么骂人，看对方是什么人了。"

"生活比电影狗血多了。他既没有说对不起，也没骂人。他从方向盘上举起右手来，放在鼻子下面闻了闻，说：'味道挺大的，怪不得今晚不敢跟我上床'，然后就走了。"云雁说完，已经带哭腔了。她每次喝酒都哭，这是宿命。

"啊？！"我听了这话，居然也气得发抖，更加睡不着了。

云雁开始哭了，这是她喝醉后的既定流程，"人家那时候快生理期了，当然会有点味道了，他耍了流氓还侮辱人。呜呜……呜。"

我只好想法子安抚她；"这种人就应该报警抓他。"

"我回想过了，视频监控都是死角，没什么证据，这种人是有备而来的。当时地上要是有块砖，我一定捡起来砸他。"

接下来怎么安抚呢？想起有人对我讲过，小朋友之间相互安抚，会说出血了别怕，会好的，你看我这腿上也有个伤疤呢。受此启发，我也给云雁讲了一个遭遇变态的故事，她的情绪逐渐稳定下来了，起床去洗脸。

云雁不哭不闹了，还是没睡意。我只好跟她说："其实呢，还是熟人介绍比较安全，虽然不一定合适，但至少不敢乱来。比如你们老板娘介绍的那个，就比较老实，就是太戆了。"

"从老板娘的角度看呢，那是她们老家的人，知根知底，经济条件还不错，在上海有房有车，对于我们这样外地的女孩来说似乎还不错。"

"问题就在于她安排的这种相亲方式不对，应该找个机会让你们接触起来。"

"她这个年龄，哪懂这种浪漫啊？人家觉得，安排个相亲晚宴，双方都很有面子。"

"主要是反差太大了，她说是一家开发商老板的助理，结果也是个司机，这就很难让人接受。"

"就是。不过怎么说呢，搞房地产的家族企业，分工是不明确的，他赚的也不少，比一般的总裁助理有钱，应该说实际地位相当于副总。可能是性格方面太随性了，他就不该开老板的宾利送我回家。"

"哈哈，人家还以为开宾利送你回家你会开心，没想拍到马腿上了。"

"又不是自己的车，装什么土豪啊。他就做真实的自己不行吗？"云雁这么说，我又觉得她很矛盾，因为她本人就不想展示真实的自己，很喜欢包装自己。

"呵呵，说明开宾利的比开悍马的有礼貌。"

"什么啊，就一司机。开悍马的，估计也他爸的车。说白了就是两个司机比烂。"

"唉，不一样的好吧，人家老板娘介绍的是正经人，只是你看不上而已。"

"谁知道，他在我面前正经，在别人面前说不定就不正经了，看对方对他有没有约束力了。老板娘介绍的我，相亲对象，他当然不敢乱来。"

"可能就是太紧张了。呵呵。"

跳到这个话题上后，云雁就开心了，之后大家每次调侃这位开宾利的司机，她就挺开心的。什么原因呢？我觉得主要是有老板娘的背书，这个男人本身比较搞笑，又算是彻底被云雁踩在脚底下了，所以提到他的故事能让她开心。

开心不代表酒劲下去了，她依然生龙活虎的，正说着话呢，她居然一跃而起，跳到我床上，骑在我身上，"夏凡，小甜妞，我要强暴你。"说完就在我身上乱摸。

"啊？不行。"我好紧张，她真的是同性恋吗？不对啊，刚才她讲了这么多故事，故事主角都是男的啊。

"哈哈，吓唬你的。"云雁的动作停止了，我终于松了一口气。"上次也是吓唬你的。"看来她还记得上次，没完全醉。"我看赵宁玩这个，也想试试，结果证明，我不是。你也不具备这方面的潜质。"其实我挺害怕的，因为被她折腾了两次，已经在怀疑自己了，觉得被云雁抱住还蛮舒服的，身体已经不怎么反抗了。

我故作镇定，问道："赵宁那个男朋友，嗯，女朋友，也跟来上海了吗？"

"当然。林泉还碰到过不止一次。现在你不来，我和赵宁基本上见不着面，跟林泉还经常碰碰。"我知道，云雁一直暗地里跟赵宁较劲，所以不太会单独碰面。我来上海就是一种黏合剂，可以将"租房子的女人"群里的四个人聚在一起。

云雁比我先睡着，我又瞪着眼睛想了一会儿杂七杂八的事。

比如云雁她们老板娘这个人究竟怎么一回事呢？她为什么要将公司的漂亮女生都招致麾下凭她调遣呢？她这个年纪，这么传统的一个中老年妇女，当然不会存在性取向问题。

云雁说过，她们公司有个秘密，就是去老板家吃过一道很特别的家乡菜的人，才算是跟老板关系特别好的。这道菜外面没有，是老板家的厨师根据老板的想法自创的，材料全是从老家带来的，有菱角、莼菜、藕片等，据说经过多道工序，混在一起，像汤又不是汤。可是老板娘自己带人回家时从来不让上这道菜，这是什么意思呢？云雁说老板娘每次看到女员工来家里后上了这道菜，就会偷偷查看对方的朋友圈。她会不会已经将公司里所有漂亮女孩子都监控起来，避免她们跟老公有亲密接触的机会？

我觉得这种可能性很大。因为云雁谈到她们老板时，总是各种赞叹，同时觉得老板娘配不上老板，云雁如此，难免其他女员工也有类似想法。老板娘做些防备就很好理解了。关于这一点，我要不要提醒云雁呢？似乎还是不说为好。

翻了几个身后，我又觉得今天对云雁说的几句话有些不妥，比如我说老板娘给她买的东西，是根据自己而不是云雁的喜好买的。也许之前云雁就没有明确地意识到这一点，我把这点说破了，云雁会不会难过呢？

这么一想就更难睡着了。只好拿出手机来刷了一会儿朋友圈。云雁的朋友圈以吃喝玩为主，其中有许多是跟女性哲学班那些富太太们的合影，囊括了上海各大高端消费场所。当然，这些酒店的餐饮好吃不好吃是看不出来的，主要展示美艳的身材和消费环境。今天的照片也发出来了，她居然放了一张我穿着睡裙的照片。相比之下，我远没有她那些朋友那么"有料"，怎么办？林泉的照片更接地气，什么偶遇地铁停运啊，今天车厘子大减价，呼唤车厘子自由啊，还有各种花花草草的照片。赵宁的朋友圈则空空若也，因为她只展示最近三天的朋友圈。我还刷到了苏源的朋友圈，他拍了一张下班后楼顶的月亮照片，表示创业有多么辛苦。奇怪的是，我看了之后竟然一点儿也不感动……

一直熬到天蒙蒙亮，我才睡着。

两人一觉睡到中午。因为早餐没吃上，云雁人呼浪费，"早知道订房时不带早餐了"。洗漱完毕，直接退房开车回上海。

原计划上午去东山看太湖，也临时取消，因为晚上赵宁要请客。云雁从小看惯了山山水水，她一心要做个"都市女性"。

赵宁预定的餐厅在静安香格里拉酒店楼下的小广场，一间两层楼的玻璃餐厅，主打意大利菜。店内气氛颇为热闹，赵宁说地中海风情比较适合我们，"不像英国人，吃个饭还正襟危坐，太端着了"。

林泉最先到场，她乘地铁，计划的时间提前量比较大。她周末的活动一般是陪母亲，因为没有自己的房子，林泉妈妈只能暂时寄居在女儿租的房子里。这间房子在闸北的一条老弄堂里，家家户户窗口支着U型铁管晾衣架，被两根生锈的铁绳死死地拉扯着，墙外是密密麻麻的线缆和空调外机，门外有简易洗手池，靠在墙上的马桶刷，当然也有花盆、自行车。心情好的时候，会觉得这里很有生活气息，情绪上来的时候，满目杂乱无章，就是个"贫民窟"。不过林泉的妈妈小时候就住在这条街上，这样她可以每天都去走走。"幸好这一大片都要拆迁了，否则我得一直住这边"，林泉终于松了口气，终于可以名正言顺地搬迁了，她对这些破房子没什么感情，每天上公厕太难受了，之前她常抱怨："明明可以租好点的房子，又不是没钱。我还不如在北京回龙观的时候过得好呢。"

我和云雁在地下车库停好车，乘电梯到了地面层，出大堂就到了。这时林泉已在里面单坐了半个多小时。不过她也没闲着，一直从各种角度给自己拍照。

　　"赵宁呢？她居然是最后一个。"云雁问道。

　　林泉："她说早就到了，不过今天星期天，没司机，所以她自己开车来的，还在找停车位。"

　　云雁："她开那么大的车，当然不好停了，估计只能找地面停车位了。"

　　林泉："没错，她就在马路边等人家的车开走呢。"

　　我："赵宁现在啥职位，还有专职司机啊？"

　　林泉："她现在国际部，国际部在国内人不多的，好几辆车大家共用，不用白不用，所以赵宁用不着自己买车。工作日有司机接送，周末就得自己开。"

　　我："什么车？地下车库还停不下去？"

　　林泉："今天好像是一辆林肯领航员，超大超高的SUV，她们平时用来接待客户的。地下车库停是能停，今天不是星期天嘛，大车车位紧张，所以干脆还是停地面。"

　　说话间，赵宁就来了。

　　林泉："停哪儿了？"

　　赵宁："毛泽东旧居门口。"

　　林泉："安义路上，不错，不错，只要没夜市就能停。"

　　我："这么新的街区，怎么还有毛泽东旧居啊？"

　　云雁："就在对面，出门就可以看到，你刚才可能没注意到。这片就剩这栋石库门老房子，其他的都拆了。"

　　意大利菜跟其他欧美菜系并没有明显区别，只是多了一些海鲜，比萨也是必不可少的。最后四个人消费了两千多块，赵宁以公司名义结账。结束之后大家一起在小广场上走了走，喷泉边有很多小朋友在戏水。赵宁心事重重，先回去了。

林泉和云雁又带我去旁边的常德公寓千彩书坊喝咖啡。

云雁说："这是你们文艺女青年的打卡地，当年张爱玲就住在楼上，可惜不能参观。"

我："赵宁今天有心事？"

林泉："他爸被人举报了，正调查呢。她下周还要去澳大利亚出差，今天估计没心情，所以没说什么话。"

云雁："她们在澳大利亚什么城市开发项目？是不是墨尔本？那里华人好多。上次陪老板娘去，她说根角集团也想在墨尔本发展，光上海人的购买力就够了。"

林泉："就是墨尔本。他爸是当地城建集团的老总，比开发商厉害，代表政府做城市土地综合运营，估计是上面的领导出了什么问题。"

我："哦，赵宁也帮不上什么忙吧？"

林泉："她正办移民呢，估计会受到影响。不过这种事，拖个几年也有可能，希望她能尽快办出去。"

赵宁的话题结束后，我们开始关心林泉搬家的事。

林泉："我大姨可紧张了，就担心我妈乘拆迁的机会回来抢房子。"

云雁："怎么抢啊？"

林泉："我的户口不是挂在大姨家了嘛。不过之前说好了，单单挂个户口而已，将来拆迁的所有收益还是归她的。"

云雁："关键就是你妈妈的户口没回来。"

林泉："算了，不提这个了。我在共富新村看好了一套两居室，准备租下来。"

云雁："这么远？为什么住那？"

林泉："我大姨她们要搬共富，我妈也想去，说是交通还比较方便，一趟地铁就可以回老家看看。"

云雁："什么老家，到时候都拆了，看什么看。你大姨的拆迁安置基地在哪里？"

林泉："据说在罗店，所以我大姨打算拿钱，在共富新村买个房子，好歹留在外环内。"

我："共富新村在哪？好有特点的地名。"在我的想象中，共富新村一定像四川攀枝花的某个社区一样，是个超大规模的工人新村，有礼堂，有医院，有学校，有菜市场，相当于一个小城镇。实地参观后才知道，共富新村就是很普通的上海外环边的安置小区。

林泉一脸沮丧："属于宝山区了，就是上海的回龙观，方位都跟回龙观一样。从共富到陆家嘴上班，每天来回两个小时，中间还要在人民广场换乘，三个都是热门站点，太拥挤了。我必须带着我妈一起住，没办法。"

我："哦。你爸呢？"

林泉："他就待在黑龙江，我妈也不让他来上海啊。"林泉这般说，说明她爸妈之间还有些纠葛，我也不便继续问了。

晚上十点，千彩书坊打烊了，林泉搭地铁回家，她说："老妈在家，不泡夜店。"

云雁说今天开了车，就不去酒吧了，兜一圈再回家。又开车上了延安高架，穿过延安隧道，沿着世纪大道兜了一个来回，从新建路隧道回家。一路灯火辉煌，比北京国贸 CBD 更灿烂。

"夏凡，来上海吧。"云雁一边开车一边建议道，"只要是市场主导的行业，北京有的机会，上海全都有。"

我点点头。的确，市场主导的行业，上海全都有，可是北京肯定还有上海不具备的资源啊。

以游客的心态来看一座城市，留下的印象总是美好的。住在市中心的星级酒店里，游览的往往是最为精华的景点，吃的是当地最有特色的馆子，不用上下班挤来挤去，不用考虑菜场有多远，也无须打理水电煤，有什么不好？

一个人跟一个城市的关系好比恋爱、结婚，刚开始总是展现美好的一面，让人觉得甜美无比，而定居下来就像结婚，要考虑租房或者买房，各种麻烦的流程，如果钱不多就要住在郊区，通勤时间加长，残酷的一面峥嵘毕现。林泉就是个例子。

来上海工作和生活，我不是没考虑过，运作读书会的过程中，我们谈过很多合作伙伴，其中有一家很大的公司，叫作乞力马扎罗 FM，就是上海的。乞力马扎罗 FM 就是全市场化的传媒平台，它跟北京的传统大平台有很大的区别，它不做新闻，只做互联网音频门户，整合内容。如果它在北京，就很容易"高屋建瓴"，将自己拔得很高，成为综合业务平台。

我在北京的一个会上见过他们一位负责人，他对我说："我们很需要学习型组织的运营者，这样的人才从公司内部培养时间太长，从外部引进更加便利。有时间可以来上海看看。"现在，至少参观乞力马扎罗FM的机会成熟了。

张 江

周一云雁要上班，我便前去拜访乞力马扎罗 FM。这家公司位于张江，拥有两栋别墅式办公楼，环境相当好。

参观这家公司，最大的感受是正规。与他们相比，我待过的第一家互联网公司以及兰姐的读书会都像是草台班子。乞力马扎罗 FM 创立之初，目标就是打造互联网音频门户，现在用户过亿了，他们的 APP 界面、内容，以及整个公司架构，人员匹配，都是大公司的样子，大投资、大手笔。乞力马扎罗 FM 的产品相当严谨，然而员工管理却自由散漫。

回到云雁的住处，我陷入了沉思。所以我又在网上找到另外一家类似公司——耳语 FM 的联系方式，以"一姐读书会"的名义约到他们相关部门的负责人谈"合作"。这可能是我第一次，也是最后一次使用"一姐读书会"运营总监的头衔对外交往。

耳语 FM 在漕河泾。约的时间是周四下午，夕阳从几层楼高的落地窗照进大厅，映在大大的 logo 上，加之很好的音响效果，给人一种在教堂才有的崇敬感。拜访结束后，我的感受是耳语 FM 公司规模也很大，但他们和乞力马扎罗 FM 的风格恰好相反，员工管理非常严格，APP 界面却相当"调皮"。

调研这两家龙头企业之后，我有很多想法，想找人聊天。于是反客为主，请她们三个周五下班后一起去新天地的宝莱纳餐厅，在"租房子的女人"群里留言给她们，"晚上要喝酒的，大家都乘地铁过来"。这间餐厅如今已经关闭了，它从 2001 年开业，到 2021 年歇业，坚守了整整 20 年。新天地有个好处，它引入了欧美的街区式餐饮店模式，大家可以在室外吃饭喝酒，熙熙攘攘的街景让人放松。其实四川的茶座也是如此，不知为何，到了上海这种街区休闲餐饮反被舶来品占领了市场。

"我可能要重新评估自己的工作能力。我一直以为自己在职场上不够顺利，应该是个误解，其实我在第一家互联网公司，在兰姐的读书会，都得到了一般人很难企及的机遇，我却以为自己受到了不公正待遇，可能对兰姐也有错误认知。"我一开口就做总结，吓了大家一跳。

云雁和林泉面面相觑，没能接上话来。只有赵宁提了一句："可是兰姐接受你那一百多万入股，确实有点太多了啊。"

"除了这一点，其他都还好。如果我一开始就进入大公司打工，现在可能还是一线员工，得不到这样的锻炼机会。"我继续说道。

云雁问道："你去乞力马扎罗 FM 和耳语两家公司，得到什么新启发了？"

我："它们都非常正规。虽然我之前做的是女性网络专栏和女性读书会，但跟音频平台还是有很多交集的，我们很多内容也要音频化，它们的用户也是女性居多。读书会的商业模式是以读书聚集会员，卖会员卡和课程，还有实体商品，音频平台也是，大家都是做知识付费的，只不过入口不一样，侧重点有些不同。我终于明白兰姐为什么要把读书会转给易姐了，因为我们那个二十多人的小团队，根本没办法把读书会做成一个主流平台。现在的消费者，聊天都用微信，交流对社会的看法用微博，听书肯定选乞力马扎罗 FM 和耳语，手机上不会安装无数个 APP，最常用的就是这些主流平台，流量都被它们垄断了。我们的特色是女性，就算目标是做成中型平台，也没有足够的运营经验。APP 和微信矩阵的视觉、文章时效和课程质量、商城的运作，都不如人家大平台，缺人缺钱只是一个方面，关键是缺管理能力，没有大公司的历练。说白了，我们更像是草台班子。"

林泉："草台班子也有好处啊，没有大公司病。我和赵宁刚毕业时进的那家房地产公司，就可以算是草台班子，但是效率很高，初期发展很快。后来进了大国企，什么都要审批流程，肯定不如老板一个人说了算效率高。"

云雁："大公司有大公司的好处，小公司有小公司的好处，我们这种中不溜的，大公司病也有，小公司的灵活也有，四不像。夏凡，反正你在'一姐读书会'也被架空了，反思不反思的，也不用管了，易姐也听不进去你的意见，对吧？"

我："所以我想，加入乞力马扎罗 FM，学习几年平台运作经验。"

林泉："已经想好了？"

赵宁："其实夏凡也没什么好想的，这个读书会易姐要自己搞，连兰姐都不参与'一姐读书会'的任何运营了，你俩就安心做股东，关注一下后续的融资和股权变化就好了。"

云雁举起了酒杯："太棒了！这样一来，我们四个全都在上海了。"

按照就近就简的原则，我在张江租了一间酒店式公寓。房间很小，跟北京国贸公寓一样，相当于一间酒店客房，但有落地窗，方便晾晒衣物。从北京快递来的行李和箱子，一下子就把房间的各个角落占满了。我甚至不记得自己在西直门还寄存了东西，可能因为那是苏源委托出去的。我只想生活简单些，连水电煤都不想管，所以才租了这种单身公寓。由于地段关系，这间公寓比北京的国贸公寓便宜多了，这让我产生了一种错觉，就是上海的物价比北京低。张江当然跟国贸无法相比，这里虽说是国家级开发区，但只有金科路地铁站附近还算繁华，其他地段还不如上地。从这里去市中心还算方便，一趟地铁直达陆家嘴、南京路、静安寺。周末我最常见的人还是云雁。

"大公司的工作确实比小公司要轻松一些，这不只因为我在乞力马扎罗 FM 只是一个小小的部门主管，在兰姐读书会是个高管，而是因为大公司有各种资源和流程，多数事务只要按流程做下去就一定能成。当然，就薪资方面而言，大公司的小主管也不比小公司的高管差。我总觉得自己的职场路子走反了，应该先进大公司，再走小公司共同创业的路子，最后自己单干。"

当我把这些想法讲给云雁听时，她却没有跟着我的思路来讨论，而是说："小心上海的小资生活把你同化掉，这个地方可是买办天堂。"

"什么是买办？"

"就是外企白领。"

"我又不在外企工作。"

"都是白领，本质上差不多。"她再次偷换了概念，"上海人大多不喜欢创业，不想承担风险，都愿意高级打工，所以很多上海公司环境幽雅，白领们上班一杯咖啡，下班泡吧，慢慢地年纪就大了。我觉得吧，你倒是可以利用这段时光找个男人。"

"找个男人？云雁，你的语言好彪悍。其实呢，我每次听到配偶这个词都觉得难为情，听起来跟动物交配似的，讲得这么赤裸裸。"

"这有什么，难道不是？你去过人民公园相亲角吗？那里连学历、年龄、工资几何，有没有房有没有车，什么肤白貌美气质佳，统统都给你写上去了，比房产中介门店橱窗上的信息还全，明码实价，岂止赤裸裸，简直是 CT 扫描。"

"听说过。干吗去人民公园啊，张江就有。张江有很多活动，说是一起打球，有时候叫什么科技文化交流，只限单身人士参加，不就是自由相亲嘛？这周末就有一场当代艺术展，也是单身人士专场。要不一起去看看？"我只是随便说说，因为工会和 HR 的同事跟我提过好几次了，可是每到这种时刻，我都没勇气参加。就跟健身一样，独自去跑步比较艰难，有人每天来督促陪跑就好多了。如果云雁不想去，自然会讲一堆理由，我可以顺水推舟拿来说服自己和工会的同事；如果她想去，至少有个伴，让我克服对于相亲的恐惧。

"嗯，可以，不过我得叫上林泉，三个女人一台戏，人多才好玩。"

云雁的答复出人预料，更没想到林泉也能参加。我原以为大家都对这种活动很排斥，没想到办成了一次我们三个的小型聚会。主办方要求实名登记，我又要了她俩的身份证号和公司抬头、部门名称提交上去，不过仅此而已，不需要提交照片，也不用透露身高、体重、薪资等信息。

周六上午十点，活动开始之前，我们三个在浦东软件园三期的汇智湖边汇合。碰巧的是，我们三个都穿的是黑色。出发前我想了很久，休闲风还是正式点？颜色鲜艳些还是素雅一点？考虑了很久，还是决定保守一些，既然活动以艺术为名，就应该正式一些，给自己多点包裹，所以穿了一身黑色的 GUCCI（意大利时装奢侈品牌）西服。

林泉："乖乖，三个都是黑色，黑衣黑裙黑丝袜，这在日本就叫丧服啊。男生们看见我们会不会害怕？还没认识呢，就想着把对方给埋了，然后给他举行葬礼，哈哈。"

云雁："哎呀，林泉今天这身衣服不错嘛，专门为今天活动买的？"

林泉："早就有，不过很少穿，一家意大利设计师品牌。"这套衣服确实太黑了，浑身上下没有任何 logo，连衬衣、内衣都是黑的，浑然一色。她说的丧服，其实说的就是她自己这一身。她还补充了一句："我还怕黑色太压抑了，一路纠结。见到你们也穿黑色，我就放心了。"

其实我们的服装没那么齐整，只是她们两个穿了套裙，我今天穿的是长裤。而黑丝袜呢，只有云雁一个。我还偷偷地看了一眼云雁衣服左前胸上小小的 logo：PRADA（普拉达，意大利奢侈品牌）。心里悄悄地对自己说："幸好我今天穿的也是大牌。"

离活动开始还有一刻钟，林泉说她看好了交大安泰的一个EMBA班，准备报名，怂恿云雁和我一起去。云雁说她上的女性哲学班跟这个类似，觉得没什么意思，"不是说去中欧的吗？怎么又改交大了？"林泉解释说班级种类很多，这个班比较适合我们这个层次，不过也不着急，她也嫌学费太贵。林泉问云雁，她们的女性哲学班有无什么新鲜故事？云雁说，最近她们群里可热闹了，都在讨论豪宅，但往往无疾而终。其中一个在徐汇滨江有套豪宅出售，开价 8000 万，说是市场价一个亿。另外一个看了照片和视频后觉得不错，想买，但是后来还是没成交，原因是卖家要求这 8000 万必须境外付款。林泉说这就叫层次差异，在商学院内部，必须按老板和高管的层次分班，才能取悦各级学员。我们是什么层次？还没讨论明白，时间到了。

展厅不大，而且本身就是免费的展览。可以看得出来，如果没有今天的活动，平时几乎是没有观众的。说是当代艺术，实际上是科技与艺术的结合，展品水平不算高，有芯片搭成的城市模型，有用光电技术复现的古画场景，甚至还有一个大大的，从已故艺术家遗留的 DNA 中复现的人体器官，怪吓人的。最没意思的就是某国产品牌的手机摄影大赛照片展。

"呵呵，这也叫艺术？"云雁不禁冷笑起来。

我："就是找个幌子搞相亲活动啊。"

林泉："那么今天有什么活动啊，总不至于站在这里等别人搭讪吧？"

我也纳闷呢，今天相亲活动怎么安排的，总不能让我的两个朋友觉得自己被骗了吧。正想到这里，有一位女孩招呼大家扫码进群，说是一会儿呢，游戏就要开始了，还会赠送主办方的小礼品。

活动群的人不多不少，将近一百位。这个群有个好处，就是看中了谁，都可以名正言顺地在群里加对方微信，本来就是单身交友群嘛，而且工作单位什么的都登记在册，相对安全。万一有谁敢乱来，可以直接在群里开撕。

游戏都很简单，而且众所周知、老少皆宜，比如做动作猜物品、踩气球、抢凳子。胜负和奖励都不重要，只有一个原则，每次分组的成员都不重复，主办方应该做了很多功课，还特意将我们三个分在不同的组。活动办到这里，已经跟艺术没有任何关系了，等于一群成年人借了个场地玩幼儿园的游戏。

参加今天活动的单身男女，年龄从二十出头到三十七八都有，职位也从办公室文员到公司高管广泛分布，不过现场没人提及这些，大家也玩疯了，就不把它们放在心上，大家体验到对方的只是性格、容貌和灵敏度。后来我们对这些游戏的总结是：年龄不重要，性别不重要，甚至游戏的内容也不重要，关键是平权，只要保证参与者公平地参与游戏，就能玩得很开心。成年人生活之所以"玩"得不开心，就在于各种要素、规则当中，没有一样是平等的。

其中有一位叫吕岩的男士，在各种游戏中表现颇为敏捷，只有抢凳子的环节非常迟缓，每次傻站者都是他，仔细观察才发现他的左右都是女生。

下一场是真心话大冒险，正好与他同组，"原来是位绅士，你做什么的？哪里人？"大家都极力恭维对方，我便对他说了这句话。这种场合，交流时间比较紧促，我得在尽量短的时间里传递和了解更多信息。

他说："我是做生物医学的，本地人。声明一下，我不是绅士，只想被人注意到而已。大家想想，玩什么游戏不需要任何努力就可以吸引全场的注意力呢？哈哈，只有抢凳子的输家了。所以我特别想输掉，这样就可以被大家看到，特别是你。"听起来很有道理，最后一句特别受用。

"为什么是我？之前你有注意到我吗？"我很开心他这么说，但不确认他的话是否属实，所以要问问。

"当然。你们是不是三个人一起来的，今天早上在湖边会合的？"

"啊？你看到了？"我很惊奇。

"当然，从金科路地铁站出来我就注意到你了。"

"你跟踪我？"我故作紧张状。

"不不不。碰巧来早了。"

"为什么不是其他两位？你不是因为现在跟我一组才这么说的吧？"

"当然不是。可能因为我先看到的是你，注意力都在你身上。再说了，她们两位可能并不适合我，一位时尚火爆，另一位口才犀利，都接不住。你就不同了，天生小巧可爱，又有亲和力。"平时我并不喜欢这样的恭维方式，不过穿插在真心话大冒险环节中就很顺耳。他当即加了我的微信。

当然现场也有男士加云雁和林泉的微信。企图接近云雁的男生最多，她一连加了七八个好友。那是很自然的事，她肤白腰细，天生妖媚，自然很能吸引人。另一方面我又为她担忧，加的人多了，难免鱼龙混杂，搞不好还会出现她之前遇到的那些情况。是我拉她参加活动的，需要对她负责。这些男人想清楚了吗？答案是否定的，一面之缘而已，当然先挑漂亮的。他们明知道很多人都盯着云雁，还是要加她，说明了什么问题？不惧竞争，还是闹着玩的心态？唉，我是不是嫉妒云雁了呀？似乎有点，她身材那么好……我想起之前云雁提到有些男人对她的恶语相向，骂她"骚货"，现在居然有点认可……哎呀，我在想什么呢？云雁把我当成自己人啊，怎么可以这样……

林泉那边也有男生向她靠拢，不过那人好憨啊，矮胖子，塌鼻子，厚嘴唇。看见他们，我居然心理平衡了，我虽然不是最抢手的，也不是最差的那个。

临近中午时，主办方说请大家吃饭，是一家星级酒店的自助餐。中午居然还管饭，又是一个小小的惊喜。

在餐桌上，林泉分享了她的奇特感受："哎呀，我的小心肝，扑通、扑通地跳啊。把我们带到酒店来，还以为要开房呢，不知道我会被分到跟哪位帅哥一间房，所以紧张得很呢。呵呵。"

连一向挑剔的云雁都对活动感到满意："为了我们这些大龄单身青年，园区管委会真是操碎了心，还愿意付出这么大成本。我好像头回享受这么好的社会福利，无功不受禄，我一定要认真恋爱、认真结婚，给国家生一个认真写作业的小宝宝，哈哈。"

旁边的男生们听见也都笑了，也没人敢顺着她们的话"揩油"。事后我们认为，这是一次品质较高的相亲，至少男人们比较"收敛"。

午餐后，主办方宣布大家自由活动。对于我们这群"乌合之众"来说，宣布自由活动，等于相亲活动结束，于是大家都散了。

这时，我立即收到了吕岩的邀请，他约我去逛新场古镇。同时，林泉也接到"塌鼻子"的邀请，云雁的邀约更多了，餐前就好几个，估计她正犯愁该选谁，怎么拒绝其他人呢。

于是计划中的三人下午茶便成了自由活动的障碍。对于我这个组局者来说，取消下午茶的决定有点艰难，还是云雁果断些："我们三个哪天不能下午茶？这么好的天气，我看你，你看她，她看我，三个女人待在一起喝下午茶能生出猴子来吗？散了吧，各自忙去，哈哈。"

林泉解嘲道："看看，这就是我们女人的友谊，关键时刻宁可跟着陌生人走，也不愿跟姐妹在一起。"

我补了一句："有一种分崩离析的凄凉。"

林泉："文化人说话就是不一样，多文艺啊。"

云雁："大家可以把约会的地理位置发在群里，万一遇到什么危险，群里呼救哈。"

其实我们三个当中，就数云雁遇到过的"危险"最多，我和林泉的困惑正好相反，跟异性交往的过程中，对方讷于言又不敏于行，往往无疾而终。难道我们要指导对方如何做个"流氓"？后来林泉说，我们和云雁的交往对象换换就对了，云雁去调教"老实人"，而我们来对付"流氓"。我说，"'流氓'看不上我们啊，'老实人'也没胆量约云雁。"

吕岩也是个老实人，他就没有去挑逗云雁，而是选择了我，对于这点我颇为满意。他开车来的，很认真地帮我开了副驾驶的车门，等我上车后再轻轻关上，然后跑回去开车，这是西方绅士的标准动作，虽然不是头一次见，体验起来还是蛮受用的。

我们很认真地"参观"完了古镇，吕岩像个导游似的认真介绍，然后问我要不要坐下来喝茶吃点东西。我觉得吕岩安排的观光活动有点死板，再坐下来，也一样无聊。于是我说不想吃东西，可以回去了。往停车场去的路上，我在群里发信息，告诉林泉和云雁，"其实中午的自助没怎么吃饱，我只是不想接受这么客气的服务，他不该把我当作客户对待。"云雁却劝我多给对方一点时间，她说她那边已经见完第二个了，不过现在已经想不起第一个长什么样子了，"早知道不约那么多了。你那个质量蛮好的，你不要的话，让给我"。她越是这么说，我越发对刚才的拒绝感到后悔。

上车后，吕岩又问道："晚上有事吗？"

"哦，倒是没有。"我答道。

"去不去我们的实验室看看？就在周浦，离这儿不远，国际医学园区。"

　　我不想拒绝。可是去他的实验室，会不会更无聊？他就不能安排些有趣的活动吗？可是不去的话，怎么跟云雁和林泉同步"进展"？她们的"活动"都还没结束呢。我看了看他的脸，很认真的样子，于是同意了。

　　国际医学园区里面都是一栋栋小楼，有的独用，有的几家公司合用。蓝天下，夕阳照，环境相当不错，我终于明白云雁所说的，创业人士为什么容易被上海的职场环境吸引，从而变得毫无斗志。

　　"我的老板正准备融资，融资后就可以租整栋楼。"进电梯的时候，吕岩信心满满地对我说道。

　　到了三楼，我看了通道中的人员介绍，才知道他是个博士，墙上有他的照片，生物信息学博士，数据分析部部长。

　　"什么是生物信息学？"

　　"一个交叉学科，用计算机技术分析基因序列信息。"

　　"好深奥啊，不懂。"

　　"没关系，跟我进来看看。"

　　"这是测序仪，生物样本经过实验室处理，建库，就在这台机器上测序，出来的全是 ATCG 四个字母，跟计算机里的0101差不多，这样就可以用软件进行分析了，看看哪个基因片段出了问题。"

　　"啊？更复杂了，样本？建库？ATCG，都是什么，我听不懂。样本是不是血液啊？"其实我从刚才的墙上看到过"血液样本"的。

"没错，太聪明了，血液是医学上最重要的样本，当然还有人体组织，体液，很多种类的。你看，那边是实验室，样本就是在里面处理。"

顺着看过去，玻璃窗那边，一排排桌子和一些瓶瓶罐罐，一个人也没有。

"今天休息，所以没有人。"

"比 IT 行业好，周末不加班。"

"看项目，有的时候也加班，这周没有加急检测的，所以实验室没加班。我平时不在这边上班的，在软件园那边的办公室干活，我们的劳动工具是服务器，服务器在机房里，或者云上。只要有网络有电脑，在哪干活都差不多。"

"哦。"

"带你去个有意思的地方。"说着领我到一个小房间，"这是动物房。"里面有很多小白鼠，还有兔子。

他拎起一个小笼子，递给我，"送给你，无菌的，比我们人都干净。"

我听了这话，顿时觉得自己浑身上下都是细菌，还不如一只老鼠干净，"我不要，不喜欢小白鼠。"又递还给他。其实我挺想养这么一只小动物的，可是他的话很不中过听。再说了，小白鼠离开这实验室到了我的公寓里，就被污染成带菌的了，不再纯洁了。

"到这里来。"他领着我到了另外一个小房间，这里只有两张办公桌和几台电脑。整层楼都没有人，非常安静，像是一个"做坏事"的地方。只是我们才第一天见面，可惜了这个环境。

他打开电脑，调出了一个全是字符的页面，"这里可以连上服务器，给你看我最近的一个分析结果。挺有意思的，不过得保密。"

"啊？什么秘密？"当一个男人要告诉另一个女人秘密时，是不是代表了相当的信任？

"你看这是湖北一个家系的遗传病分析结果。"

"哦。"反正我也看不懂，就瞪大了眼睛去比对那些字符的差异。

"你看这个点位，还有这个，然后这个，说明样本 A 和 C 存在亲子关系，但是 A 和 D 不存在亲子关系。但是呢，B 和 C、D 都有亲子关系。"

我什么也看不懂，他说是什么便是什么，不过他认真的样子蛮可爱的，跟上午油嘴滑舌的样子有天壤之别，说明他这个博士还是货真价实的。我便问道："你在哪上的博士？"

"生科院。"

"哪里？"我没听明白。

"岳阳路 320 号。嗯，你对这组样本没兴趣吗？"

"哎呀，不就说明 B 出轨了吗？"我正在手机上专心致志地百度岳阳路 320 号是个什么学校，原来吕岩口中的生科院是中国科学院上海生命科学研究院的简称。

"天哪，你是我见过的最聪明的非专业人士了。"

"你是不是习惯了这么恭维人？"我笑道。刚刚为他的认真感动，现在又怀疑他可能是个甜言蜜语型的渣男。不过在这所房子里，怎么看他都是可爱的，应该是专业精神带来的光环。

"不是啊，我们有些同事就没看出来。"他惊奇地答道。

"什么啊？！你提示得这么明显，什么 A 和 C 存在亲子关系，B 和 C、D 有亲子关系，但是 A 和 D 不存在亲子关系，又说是个秘密，当然往这方面猜了。你的同事没看出来，是因为他们的关注点都在遗传病身上了吧。是什么遗传病啊？"我觉得他在故意恭维我。

"耳缺，很罕见的。这组家系样本是我的导师跟一个医生合作拿到的，要发文章的，我做了数据分析，就能把我的名字带上。"

"这个秘密你们会告诉患者吗？"我问道。

"不好说，我只能告诉医生，他们去做决定。我们只管医学伦理，涉及家庭伦理的东西，我们不参与决策，只要保证不泄露机密就好。"这句话也体现了他们的专业精神。

"可是你告诉我了。"

"你不知道病人信息，只知道 ABCD。"

"不对，我还知道耳缺这个关键信息，是个罕见病，按这个信息一查，估计范围很小了。"

"没关系的，你知道了也肯定不会说出去的，对不对？"像在哄孩子。

"不好说，将来也许会说出去。"这句话有些提示意味，将来两字用了重音，表明我对吕岩还比较满意，有发展的可能，所以有"将来"，希望他能明白。

"没关系，将来就失去时效性了。哈哈，你喝可乐吗？"说完他直接起身去茶水间了。等他回来，我便问道："只有可乐吗？"

"你怎么猜到的呢？我们实验室连水都没有了，饮水机今天没人送水。"

"如果还有其他选择，刚才你肯定会讲，而你直接去拿了可乐。"我们的话题已经进展到"废话"的地步，是个好兆头。

"可是，人家不想喝可乐，就想喝咖啡。"我居然学会了发嗲。听云雁说过，这一招很管用。

他的眼神里有些迷离。又突然闪出了光，"我想到了，带你去个地方。跟我来。"他兴奋地站起来，一把抓住了我的手往外拽。

这个实验室里不会有值班室一样的房间吧？里面有张行军床或者沙发？不会这么快吧？我真的好紧张。

"要带我去哪？"天哪，这是我的声音吗？不是云雁才有的声线吗？太嗲了，要传递什么样的信号？

跟着他穿行在昏暗的走廊里，脑子里晃过各种画面，我会遇到云雁之前的那些场景吗？今天，他要是敢做坏事的话，还是要稍微反抗一下下的……

结果他带着我出了实验室，进了电梯，来到负一楼。

"上车。"他打开的还是副驾驶的车门，居然不是后座，和云雁故事的里剧本不一样，我该感到安全还是失望？我说不清，总之，事情的进展和想象得很不一样，我有点晕。

"我们去哪？"车出了地库，我才问道。

"等等你就知道了。"他很认真地开车，目不斜视。

我也就懒得问了，正好有点困，不如闭目养神吧，反正也不害怕，还稍许有些期待呢。结果就睡着了。等我再次醒来，天已经彻底黑了。

"到哪了？"我问道。车窗外是一栋非常雅致的别墅，看起来像原来的法租界。高大的树木隔绝了马路上的噪音，院子里显得非常幽静。

"我们喝咖啡去。"原来跑了这么远，只因为我下午提了一句咖啡。

"啊？我随便说说的。"我懒洋洋的，一点儿也不想动。

"这里是老租界的法国领事官邸旧址，岳阳路 319 号，一般人进不来的。我们生科院信息中心有个科学家咖啡厅，周末没什么人，可以自助喝咖啡。"

我只好跟着他下车，他用门禁刷开了一栋大楼的玻璃门，一直往里走，拐了两个弯，就到了他所说的那家咖啡厅，果然没人。

"这里不是有个大门嘛，干吗绕那么远？"我问道。

"这门周末锁着的。"

"喔。"

他一边煮咖啡一边继续解释道："平时也不对外的，周末人就更少了，我的老板给我保留了这张门禁卡。"

"你的老板？"

"我的博士生导师，也是公司老板，从各个角度来说都是老板。"

接下来更有意思了，他开始给我讲解生命科学院的来历，319 号和 320 号的种种故事，他说对面那栋楼最早的名字叫中央研究院，日占时期修建的，跟东京大学的主楼非常类似。然后又提到他在这里读研读博的各种趣事，自己陶醉在其中哈哈大笑，跟下午比起来，像是又变了一个人。我没想到男人也如此善变，一件衣服不用换，只是通过话题转换，一天之内居然有三种形象。

我还是不明白，傍晚的实验室完全是一个封闭空间，两人的关系已经拉那么近了，他为何还要带我到这种半开放式空间来喝咖啡？虽然只有我们两个，不过实体空间越大，想象空间就越小。我忍不住偷偷地往我们三人小群里发信息，诉说困惑。

"怎么了？又碰到书呆子了？哈哈。"云雁问道。

林泉则说："还好，还好，我这边才尴尬，那人刚刚已经走了。

本来下午茶喝完，我说就散了吧，反正也没什么感觉。他说一起去吃个晚饭，我拗不过，就答应了，结果走在路上他非要过来抱我的腰。哎呀，你说尴尬吧？明显就没到那份上，他还搞这种事，我马上跟他说接到公司通知，临时有事，饭是吃不成了，我转身就走了。"

我："云雁，你那边还好吗？"

云雁："我？哈哈，已经约了三个下午茶，现在是第四个，准备吃晚饭。等下还有一个去外滩茂悦天台吧的。"她居然约了五场。今天的相亲，虽然和云雁没法比，不过我总算不是第一个被"淘汰"的"选手"，还是比较开心的。

云雁还说："这个男人吸引你，看来一定有特别之处。"

我："可能因为他是个博士吧。"

云雁："今天张江药谷来的博士不少吧？为什么其他的你一个也看不上？因为都是酸不溜溜、直不愣登的，话不投机半句多。他除了博士之外，一定有别的东西吸引你。"

林泉："那是什么呢？长得帅还是风趣啊？"

云雁："不知道。对于夏凡来说，这会儿想那么多干吗？享受快乐啊。哈哈。"

吕岩请我吃饭的地方很近，就在他们中科院的学术交流中心，好望角大酒店一楼的湘鄂情。他在这里居然还碰到了熟人。其实相亲时在餐厅遇到熟人不一定会尴尬，关键看当事人的表现。吕岩的表现就还不错，至少让别人觉得，他和我这么一个女孩子在这里吃饭，是一件挺自然挺有面子的事。他没有躲躲闪闪，也没有特别去介绍，就是很大方地跟对方打了一个招呼。

吃饭时，不知谁先起的头，我们竟然很俗气地提起了前女友和前男友的问题，回答都算诚恳。现在回想起来也很正常，交往之前必须要确认对方在情感上也是"单身"状态嘛，否则后续纠缠不清就不好了。一般来说，提及前女友或前男友，最好只拎出一个来讲，多了对方就会胡思乱想。一个没有也不行，一来对方不信，二来也说明自己魅力不够。最优的情况就是专心致志谈了一个，结果功败垂成，令人叹息，直到我们相遇了……

我们两个都遵循了这个原则。吕岩的前女友叫诺华，"怎么起了个制药公司的名字？""她全家都是搞生物医学的，人家心气比较高，现在人已经在英国了。"关于苏源，我也寥寥数语，怎么说呢？本来就说不上特别喜欢的一个人，离开之后再提及，自然也是淡淡的。我想，初次见面，谈到这个话题已算深入了。

所以我决定，继续和吕岩交往下去。不过他说最近要出趟差，时间比较长，公司老板，也就是他的导师要他去趟美国。有个遗传病相关的合作项目，人家不给原始数据，所以数据分析部分需要在现场做，得在美国工作几个月。嗯，我注意到了是美国，还好，不是英国。

共富新村

吕岩出国后，我更加闲了。

到了冬天，林泉说赵宁的父亲出事了，"其实早就被限制自由了，这几天才公布而已，所以赵宁前段时间一直心神不宁。"

云雁："调查出来了是什么问题吗？"

林泉："具体细节不太清楚。还能是什么问题，无非职务侵占、受贿、违反八项规定精神之类，据说涉及的金额一千多万。这种事有时候拖得很长，从传言到调查两三年，从双规到审判可能还要一年。中间过程很煎熬的，要看他的领导什么态度，然后调查违法事实。大多数官员只要被双规了都有事，双规前好几年就被人家盯上了。"

我："赵宁会受到影响吗？"

林泉："会的。她北京的房子是他爸帮买的，说是资金来源有问题，所以被查封了。老家的房子和账户都封了，好像就留了一套最早的单位福利分房，也不一定保得住，这种情况不仅仅是判刑和没收，罚款都得几百万。"

云雁："看来当官也不好，辛辛苦苦几十年，一朝回到解放前。

'眼看他起朱楼，眼看他宴宾客，眼看他楼塌了。'唉！"

林泉："她爸是国企干部，但有对应的级别的，之前也是个处长，所以肯定按官员双规处理。"

我："赵宁的移民受影响吗？"

林泉："应该是黄了，据说一步之遥。不过出去又怎样呢？没钱了啊，怎么立足呢。另外，她爸倒了，工作能保住就不错了。她在公司的位子就是看她爸的面子，去外面打工，哪有这么好的待遇啊。这个月她长风公园的公寓也要退掉了，太贵了。"

云雁："要不让赵宁搬我这边先住着吧，省得去外面租房了。"

林泉："她心气这么高，住你那里肯定不合适。我妈这段时间回东北了，就先搬我那边吧。我妈回来也不要紧，就跟我挤挤，等她爸的事情确定了再说。赵宁现在回北京找人去了，还到处借钱，说要去救她爸呢。"

我："她一个女孩子，怎么救她爸啊？"

林泉："说是她爸早年带她见过省里和北京的领导，还有一些朋友，她得找找他们。"

云雁："我总觉得这事，她妈出面比较好。"

林泉："赵宁她们家是靠她爸一个人打拼出来的，她妈那边没什么根基，所以面子不管用，人家顶多是安抚一下。"

云雁："赵宁自己去找这些领导，感觉好凶险。"

林泉："看她的造化了，她跟她爸学习了不少待人处事的经验。我们三个肯定搞不定的。"

赵宁搬家时，林泉也没让我和云雁去帮忙，她说要尽可能保持低调。

林泉说："赵宁住共富新村的时间也很少，主要是存放物品，她多数时间都出差，要么跑老家和北京，忙着救她爸。我下周也要去北京出差，虽然帮不上什么忙，可以在'前线'助阵。"

云雁："赵宁借钱救她爸这事，我总觉得不太靠谱啊。"

林泉："这种事说难听些，就是死马当活马医。我也不知道她找的是什么人，人家跟她说，认识什么领导，还有司法局的人，能帮减几年刑，自己不要钱，但是活动经费几十万还是要的。"

我："都是这种说法，其实就是骗钱。"

林泉："我已经劝过赵宁了，说这种花几十万能减刑两三年的，无非是落井下石，乘机捞钱。她说她会判断的，连那些奢侈品包包和首饰都典当出去了，我也就不好说什么。她并没向我们借钱，那些官员我们也不认识。听说有人这么运作成功过，也不知真假。"

云雁："好事碰到别人头上，都是百分之一百，没成功也不可能传到我们耳朵里啊。坏事遇到自己身上，也是百分之一百，否则什么叫'福无双至、祸不单行'啊。减刑这种事本来就是伪命题，都还没判呢。他说花了这几十万减刑了，说不定还加刑了呢，根本说不清楚。"

林泉："没错。这些道理她也懂，不过事情落在她身上了，不管真假她总要试试，她说钱不会轻易给出去的。"

我："我们操心也没用，其实只有她爸最清楚怎么做，可惜父女俩没法见面商量。"

云雁："会不会有人乘机骗色啊？"

林泉："还真有。你俩知道就行，别说出去了。这世道，有骗财的就一定有骗色的。赵宁在北京，和她们省里，都碰到过这种要求，人家领导明确不要钱，说'帮忙应该的，总归要意思一下，你赵宁也是大家闺秀，我开不了这口，你自己看着办，别把这事弄尴尬啰'。然后就浑身上下盯着她看，看得她全身起鸡皮疙瘩。赵宁说，我真想考虑一下，可是多少年都没碰过男人了，对方又老得不成样子，只觉着恶心，就告辞了。"

云雁："换了我就破口大骂，老死不相往来。赵宁还真有定力。"

我："世道凶险，这么复杂的事，女孩子能自保就不错了，我觉得不管是花钱还是什么，都是羊入虎口，没必要尝试。"

我和云雁都不敢跟赵宁讨论此事，于是就等着林泉的信息，看她去北京能否了解到最新"战果"，不料她去北京后，却碰到一件预想不到的事情。

林泉在公司里早已不做具体的财务琐事了，她这次去北京是催债的，催债的技术含量要比会计、出纳高一些。那天，林泉跟客户争执了几个小时，催款的事总算有了一点成果，她决定见好就收，回酒店。从大楼出来才发现过了零点，地铁早关了，林泉正想叫辆出租车，又顿觉内急。这么晚了，风雪呼呼地，上哪去找洗手间呢？总不能再冲进花园里去解决了吧？她也不想再回到楼上去，因为有门禁，还得让人下来接。她可不想这么轻松地让给对方一个人情。

林泉想起这楼的另一侧有一家肯德基餐厅，肯德基里面一定有卫生间。于是转过去，果然还在，是商场唯一还在营业的店铺。它已经有些年头了，据说是千禧年开业的。至于装修，多年没更新过，至少林泉来北京时，它就是那个样子。早在二十年前，肯德基对很多孩子来说，要过生日才能享用，一般人凭工资，也不够顿顿吃它的。然而二十年后，我们的消费水平似乎跟欧美平齐了，除了好这一口的，只有穷人才会天天吃这种汉堡快餐。

卫生间门前的橙色地砖已经磨得发白，不锈钢的门把手倒是光亮如新，连带着周边的门漆也比其他部分要浅得多。靠近洗手间的几个位子最近常有无家可归之人占据，因为 24 小时营业，暖气又很足。眼下就有一位男士，头发都花白了。林泉喜欢这种有温度的感觉，她决定点杯咖啡，热热身子再回酒店。隔着落地玻璃，享受着室内充足的暖气，看着外面的风卷着雪花飘，别有一种从容的感觉。

"您能暂时挪个地方吗？我打扫一下"打扫卫生的服务员对老人说道。

老人张了张嘴，却没发出声来，看上去只想说"好的"两字。既然过了答话时效，他便开始动手收拾自己的行李，一个装着被褥的宜家编织袋和一个行李箱。可木讷的身体似乎不太听使唤，动作十分迟缓，像个病人。林泉忽然觉得这老头有点眼熟，一边从记忆中搜索，一边留心观察。他是谁呢？

此时有位衣着时髦的中年女士急匆匆跑了进来，冲那人大吼道："回去！不知道的还以为我怎么虐待你呢。"这话至少有一半是说给旁人听的。其实也正常，多数人在公共场合说话的音量都过大，不只是说给对方听，更在意"观众"的反应。

"不……是……吗？难道，我，没被虐待吗？"男人发声了，断断续续地，他的嘴是歪的，还透着点胆怯。

林泉听闻两人的吵架声不禁退了一步，这里只有四个人，除了当事人和餐厅工作人员，只有自己是正儿八经的"观众"。另外，这女人的身形和声音都太熟悉了，没错，不就刚来北京时第一家公司的老板娘嘛。那个白头发的长者，居然很像老板蔡总，小心地瞄了一眼，还真是。都这么老了？驼背了，病了？她不敢多想，赶紧低着头冲了出去，快，快，决不能让他们认出来。

网约车在三公里之外，足足等了十多分钟。风雪还是很大，林泉已经顾不了许多，再冷也比待在里面好。上车后，她几次试图拨打赵宁的电话，想确认一下发生了什么，还是忍住了。毕竟大半夜，赵宁可能睡了，万一她身边还有人呢？

　　林泉第二天见到赵宁后讲了昨晚的奇遇，赵宁却很淡定："我也是前两周才知道的。人走投无路的时候，什么法子都去想，我试着给蔡总打了个电话，想问问他有什么路子，没想到蔡总去年也败了。"这里凭空多了一个也字，有种同病相怜的感觉，加上赵宁低沉的语调，更能烘托蔡总的悲惨遭遇。

　　"啊？怎么回事？当时我只觉得老板不够大方，所以才离开的。怎么成这样了？"

　　"还是我之前说的，平台资源不够。做房地产的，大不大气是一回事，资源够不够是另外一回事。蔡总就靠着几个处长、支行行长，能做成啥样啊，这也是我离开这家公司的原因。"

　　"具体怎么回事呢？他这么抠门，不赚钱的项目从来不做，怎么可能败掉呢？"

　　"房地产这行业你也了解的，主要靠资金支持，银行那边的人出事了，顺藤摸瓜查到这边来了。蔡总这边好几个项目利润都很高，但房地产的所得税也很高啊，就以信托方式通过集团公司向银行借钱，虚构债务，子公司每年向集团支付高额利息，利润左手倒右手。集团这边杂七杂八的业务非常多，你懂得，什么艺术品投资啊、珠宝、教育，税率高的呢都做成亏损，税率低的和免税的都盈利，这么一冲抵，就实现了避税。一年省好几千万呢。"

　　"这个行业不都这么做嘛？"

　　"都这么做，不代表合法啊。没人查都没事，有人查就是大事情。"

"那么顶多算逃税，补交应该可以吧？"

"事情没那么简单。银行的领导不是活雷锋，不会平白无故帮企业做这种搭桥的事，里面涉及到贿赂，性质就严重了。"

"贿赂？呵呵，都是上亿的项目，哪个项目不涉及贿赂啊，再说哪个行业没贿赂啊？"

"话不能这么说，查到就是有，没查到另说。这行长儿子名下偏偏就有一套房子是蔡总这边开发的。"

"送的？不好操作吧？"

"当然没法直接送，交易中心那边过不了关的。蔡总操作成买一层送两层，二楼是按市场价卖给行长儿子的，一楼实际上不是架空的，连着地下室总共三层都是装修好的房子交付。这样虽然产证上只有一层的面积，实际上住起来跟别墅似的。法院认定这套房子实际价值超过购买价一千万。"

"这个嘛，买一赠二，付了钱的，市场上也有这样的情况，地下室都是送的，不好说就是行贿吧？"

"当然。蔡总和行长都不是傻瓜，这两个操作都打擦边球，早就想好了怎么规避风险。所以呢，就看查你的人和挺你的人在后台怎么交锋了，如果根本就没人挺你，那就是违法违规，可以坐牢的，如果有人帮忙，罚些钱就结束了。"

"我明白了，人家没想让蔡总坐牢，只想弄他的钱。"

"没错。他那些后台，都不是多大点官，看这种情况早就退避三舍自保去了。银行一抽贷，罚款一下来，还有什么 24 小时审讯，蔡总顶不住了，直接高血压引发脑血栓，中风了。他刚病倒，消息就传出去了，上游供应商都来要钱，项目停工，房子也卖不出去，公司不就倒了嘛。"

"难怪他话都说不清楚。"

"还好年纪不算大，恢复得不错，能走路，能自理。"

"可是看起来不像五十多岁的人呢，像七八十了。"

"没见到过。也差不多了吧，他这个病，很难恢复成正常人一样了。又没人照顾，他老婆本来就很凶的，自己房子判没了，就跟着老婆住在亲戚家。听你这么一说，他住在肯德基里，就是无家可归，蛮可怜的。"赵宁眼神呆滞，沉浸在她们营造的悲伤气氛中。

林泉这时才回过神来，赵宁的父亲还身陷囹圄呢，跟蔡总比起来，也是半斤八两了。她不知道这件事对赵宁来说，会引发痛苦的联想呢，还是更能释怀？

对于赵宁来说，蔡总的案子情节远比她父亲的要轻微，人家没真正坐牢，而且作为民营企业家，还可以哭诉营商环境不够好才导致自己踩了坑。她父亲可是体制内的老百姓最痛恨的受贿人，虽事出有因，然百口莫辩。所以她不觉得蔡总的遭遇有什么可比性，就好比有人说"你被开除了？别伤心，我也被裁员了"，一个没公司敢要，另一个有离职补偿，性质完全不同。

林泉从北京回来后，说赵宁这边没什么实质进展，借的钱也没花出去，又还给人家了。

隔了好几个月，才听林泉说："赵宁父亲被判了十年，退款几百万，罚款也是几百万，北京的房子当然没了，不过老家的房子保住了，因为是仅存的唯一住房，罚款慢慢还。"

"有钱也得慢慢还啊。"云雁分析道。

林泉："除了北京那套房子，赵宁已经跟这事撇清了，她后续打工也好，创业、买房也好，都不受影响。"

我："这件事里面，怎么没看到赵宁的男朋友有什么表现呢？"

林泉："这种恋爱本来就没得到社会认可，都是走不进现实生活的，又没法结婚生孩子，更管不了对方的家庭，她们甚至连同居关系都算不上。人家也是个女孩子，没权没势，这种事也帮不上忙。"

云雁："如果赵宁找的是真正的男朋友，以她们家的实力，门当户对找的老公家庭也不会太差，说不定还真能帮上忙。"

林泉："从这个角度来说，婚姻确实是搭伙过日子，两家人的力量就是比一家人强。作为社会单元的家庭，抗风险能力也比个人强。所以呢，无论如何，我都是要找个男人结婚的，不可能单身过一辈子。"

我："分析得很通透嘛。"

林泉："相对于你们三个来说，我才是真正的单身，真正的旁观者清。"

这话我和云雁都没法接下去了，特别是云雁，她一直就处在桃花朵朵开的状态下，别管是不是烂桃花。

云雁只好换了个话题："很难想象赵宁这样的女生出没在共富新村这样的地方，没有名牌加身，整天挤地铁。共富新村这种地方，虽然有很亲民的菜场，偶尔逛一逛是可以的，转换成日常生活，只有中老年人愿意天天去。"她大概忘了林泉就生活在共富新村。

林泉立即回应道："我倒觉得没什么，共富新村我也买不起。不过菜场我是不去的，网购更便宜，每天领那么多优惠券，干吗不用上。每个人的生活只要自己过得舒心就行，郊区的'贫民窟'也好，市中心的富人区也好，只要跟自己的能力相符，不用介意别人的眼光。"

我看她俩已经把话"聊死"，也就不插嘴了。

其实林泉并没有她自己说得那么不堪，她的故事也不少，只不过听起来似乎不那么香艳和吸引人，另外一个不争的事实是，她再也不提自己要上什么 MBA 班，将来要做企业高管的事了。

她跟我说过："知道吗？早在回龙观的时候，我就以亲和力著称，什么小区保安啊、快递啊，都跟我熟，唉，这叫什么事啊。"

我："这个我倒是知道。不会是现在共富新村的保安跟你也熟吧？"

林泉："你猜对了，共富新村的保安跟我也很熟啊。不过情况不一样了，共富新村的保安都是老头，人家想把自己的儿子介绍给我。"

我："当爸的给儿子找女朋友，这个比较少见。一般都是当妈的操这份心。"

林泉："当时我妈还在上海。这个保安买了些水果登门拜访，把我妈闹了个大红脸，还误以为那保安是冲着她来的。结果进客厅聊了半天，才知道这人是来给儿子说亲的，看中了她女儿——我，哈哈。"

我："哈哈，这保安口才够烂的。应该开门见山，第一句话就说明白。后来你见过他儿子了吗？"

林泉："见过的呀。"

我："为什么没成呢？"

林泉："也没说一定不成，现在是普通朋友，将来还可以考虑的，只是没按男女朋友交往。不过那人学历不高，开出租的。这男的好处是说话做事比较灵光，在宝山有房子，有房无贷，没什么经济压力。"

我："这男的不能换个职业吗？自己创个业什么的。"

林泉："创业哪这么容易，上海人不喜欢创业的。人家现在有房有地，开开出租赚点零花钱，就想找个老婆踏踏实实过日子。创业容易赔钱，不符合他们的调性。"

我："你妈怎么说？"

林泉："我妈刚开始觉得可以，后来还是说不满意，说人家是崇明来的，连本地人都算不上，开个沪C的出租车，连外环都进不来。"

我："崇明也是上海的啊，上海招保安都要求本地人啊。你不是说要嫁本地人吗，这不是正好吗？"

林泉："我说的不是嫁本地人，是上海人。"

我："啊？上海人不就是本地人嘛。"

林泉："当然不一样啊。看来你在上海待得时间太短，还不知道本地人在上海是有特殊含义的。本地人呢，简单地说就是郊区人，土生土长的，原来都归江苏，明清时期属于松江府。上海人专指市区的老移民，最近一百多年来出生在上海的这些人。上海话跟本地话也是有差别的，吸收了很多外来用词和发音。"

我："天哪，竟然还有这种说法？"

林泉："还有呢，上海人里面也分的，以苏州河为界，黄浦、静安、徐汇这些老租界里的上海人看不上我们这些闸北、普陀和杨浦的上海人。分得再细些，老黄浦、老卢湾的又看不上南市（上海原辖区，已撤消）的，有上只角和下只角的说法。关云雁住的虹口也分的，靠近黄浦江和苏州河的又被称为中只角，内环线以外、鲁迅公园往北的才是下只角。"

我："在北京的时候，我只听说过浦西看不上浦东的，什么宁要浦西一张床，不要浦东一间房。"

林泉："没错。在一个城市生活久了才会了解这些鄙视链。你看，现在闸北跟静安合并了，闸北的新楼盘都叫静安什么苑，都快到宝山了，还叫静安。"

我："还是北京更包容，全国各地的都有，不分北京人、本地人、外地人。"

林泉："哈哈，怎么不分啊？北京也有鄙视链。看来你在北京的时候就是只小白兔。北京人叫外地人'王德彪'，跟上海人叫外地人'硬盘'是一个意思。北京郊区原来都是河北的地盘，市区人看不起郊区的，四环内看不起四环外的，就是二环内也有鄙视链，北城的看不起南城的。"

我："北城和南城？"

林泉："清朝的时候，北城是满人住的，南城是汉人住的。之后也是，北城非富即贵，南城都是小老百姓，分成崇文区和宣武区。东城和西城的看不起崇文、宣武的，当然现在都合并了。"

我："哇。历史地理学得不错嘛。"

林泉："不不不，我历史地理很差的。都是听来的八卦。哈哈。"

赵宁在共富新村的几个月，几乎没有在我们头脑中留下什么痕迹，主要是因为林泉不让我们这段时间去看她们，没有什么具体的事件支撑记忆。赵宁搬离后不久，林泉又换了房子，这段历史就彻底抹去了。

林泉搬家后，还租住在共富新村。我和云雁一起去过一次，林泉妈妈也在家的，当时应该是 2017 年，上海楼市最后一次大涨之后。

林泉绝望地说道："本来我的首付款都快凑齐了，结果又涨了一倍，存钱速度永远赶不上涨幅。照这样下去，我什么时候能在上海买上房子啊？"

我只好安慰她："没关系的，你看我们几个都没买房子。"

云雁："我前些天听了唐骏的演讲，就是那个口才很好的微软中国区前总裁，他说现在房价这么高了，住酒店都比买房子划算，利息都够每天住五星级酒店的费用了。"

林泉："人家是打工皇帝唉，而且是美国国籍，他在美国有没有房子呢？他在上海可以天天住五星级酒店，我们怎么住得起啊？工资都贴上都不够。"

林泉是个财务工作者，薪资确实不高，不过对于云雁来说，一个月一万多的租房费用都是公司补贴的，平均到每天也有几百块，虽说跟五星级酒店还有差距，但容易跟唐骏共鸣。

云雁："唐骏的意思是，年轻人不应该为了房子浪费了自己的机会。住在市中心，社交机会、链接世界的机会更多，只要抓住了机遇，就能像他一样实现财务自由，现在人家等于是

全球公民，全世界飞来飞去，房子就不重要了。他在上海确实
是一直住酒店的。"

　　林泉："谁知道呢，我们又不跟踪他，他说什么就是什么。
我一个搞财务的，有多少发财机会啊？想着有自己的一套小房
子就好。"

　　云雁："女人不一定要自己买房啊，结婚对象有房也可以啊。"

　　林泉："可是我妈住哪？"

　　"不着急，今明两年房价不太会涨了，慢慢来，房子总归
会买到的。"这时林泉妈妈终于说话了，她和林泉爸爸因为治
病花了不少钱，因此而消耗了女儿的首付款，愧疚得很。她既
不能说不要买房，也不能让人觉得自己着急，更不能骂房价控
制得不好，她还指望购买经济适用房、限价房呢。

　　我当时也认可云雁和唐骏的说法："房子嘛，对人的限制
太大。你看，如果当年我在回龙观买了房子，就没有后来读书
会的事了，也不会跑到上海来。不过我在北京、上海都限购，
要五年社保，不论房子涨还是跌都只能干看着了。"

　　林泉："算了，房价已经涨这么高了，后悔也没用。人家
是没购房资格，我是缺钱，都一样没买到房子。"

　　云雁："我从来就没想着攒钱买房，公司给的房贴全用来
租房子，我是一定要住市中心的，将来就是买房也得买市中心。
我从来就不觉得房子是个问题，只要抓住一个机会，事情做起
来了，不就什么都有了嘛。"

林泉："你们一个跟着房地产大佬、跟着老板娘，一个自己创业，将来都有希望，我这种锚定的打工人，还是安安心心过日子吧。我的愿望不高，就是外环内有套两居室就好了，新房子旧房子都不在乎，老公房也没关系。"

最后林泉妈妈总结了一句，结束了这次关于房产的讨论："女人还是要稳定一些，结婚生孩子还是要的，我们家林泉呢，被我们两个老的拖累了，没有办法。如果没有我这个累赘，要好一些，现在找对象都困难。上海人都要看这些条件的。"老人家这么说了，我们就不好继续了。

最后一句"上海人都要看这些条件的"。我没有体会过，也没想过一定要嫁上海人，只是没想到后来自己在这个上面也吃了苦头。

林泉后来私下跟我说，"北京几年，上海几年，年龄就上来了，也没之前好看了，加上职业不顺，真是一点儿底气也没了。我在上海，空有一个户口，真不知道回来干吗，可能就是为了我妈。"她说话时的神情与在回龙观刚相识时差异巨大。生活太残酷了，几年工夫，就能把一个朝气蓬勃的职场新人熬成中年妇女。

赵宁在那两年很少出现，据说离开了公司，跟几个朋友合伙开了一家设计室，在北京和上海都有业务。由于他父亲的缘故，在北京待着"风声"太大，还是住上海。至于住处，我们都没去过，云雁开玩笑说赵宁是在"卧薪尝胆"。不过据林泉的消息，赵宁的低调是因为她现在的业务还是来源于他父亲留下的关系网，"创业这种东西，哪有这么容易？早就说过，房地产是个资金、资源密集型行业，就算是做设计，资金免了，人脉还是少不了的，真以为靠技术就能拿到单子啊？"

云雁说为了维持我们的友谊，还是应该定期搞点活动。她喜欢的活动就是在度假区住酒店，而且必选行政房，早餐、下午茶、欢乐时光、酒吧一价全包，不用爬山不逛古镇，想运动就去游泳池和健身房。最适合她这种"都市女性"了。

不过林泉认为五星级酒店对于她来说不太划算，"这么豪华的酒店，会吓着我妈的。"

云雁："说好我们四个人的活动，怎么还带上你妈？"

林泉："就这一次，总得让她老人家享受享受。"

云雁："那我说定五星级酒店你又不同意。"

林泉："你不懂他们这一代人，儿女献孝心的话，要让他们住得舒适，但不能豪华，豪华了就会认为你乱花钱。所以一定要很划算，最好能占点便宜。"

云雁："太难了。好吧，这项艰巨的任务就交给你了。"

三天后，在云雁的一再催促下，林泉终于定好了酒店，离共富新村很近，而且是家环境相当不错的度假型酒店——顾村公园内的衡山北郊宾馆。

入住酒店后，赵宁提议大家趁公园还没下班陪林泉妈妈去走走，林泉却说妈妈累了要休息。

云雁立即问道："你们怎么来的？"

林泉："走过来的。"

云雁："啊？打车也就十几块钱。"

林泉："我妈说很近的，也就两站路，当作逛公园了。我想这么近，出租车司机也不愿意接，就走过来算了。"

云雁："早说啊，我去接你们就好。"

林泉："别，我妈看到你的车，又要说好看不实用了。"

赵宁："算了，让你妈妈好好休息吧，估计你也累了，我们改喝下午茶吧。"

下午茶上来之后，我端起茶杯道："林泉辛苦了。去年订年夜饭时，还以为我有选择综合征，因为预订年夜饭花费的时间，已经超过吃年夜饭的时长了。这次看到林泉预订酒店的时长，都超过我们住酒店的时长了，才发现大家都是这样的。"

林泉："这没什么，主要是考虑到我妈，得让她住得舒心，还不能让她觉得乱花钱。所以我选啊选，选了这个离家近的酒店，万万没想到她要走过来，还是失算了。说到选择综合征啊，其实订年夜饭、订酒店啊都不算什么，这些事都有 Deadline（最后期限）的，选得好不好，总会有结果的。另外有些事呢，没有时限，订酒店跟它们比起来都是小巫见大巫了。比如我选择男友的过程，就超过我交往男朋友的时长了。哈哈。"

云雁又补了一刀："哈哈，还真是，好像从来没见过你男朋友。没有 Deadline 的事还有很多，总是恋爱而没有结果，是不是也算一种选择综合征。这么说来，我的选择综合征是最严重的。"

为了缓解林泉的"孝心"焦虑，我提议云雁再讲一个她们老板娘的故事。云雁却说她们老板娘最近没什么特别的故事，"她这么有钱，想住什么酒店都可以，想买什么也都可以，除了不可以做的，其余都是可以做的，然而也没什么可做的。"

云雁刚总结完，又想起一件事来："啊，我知道了，她应该也有选择综合征，每次去外面吃饭都不知道点什么菜，点单都要半个小时，有时候还要人家把厨师叫过来一道道菜的做法讲给她听。她女儿就说她'妈妈，下次再这样就不陪你出来吃饭了，你总是要选最好的餐厅，要人家按你的方法做菜，其实我们也只是普通人，就选招牌菜，尝尝人家的特色不好吗'？还有一次，我刚到老板娘家，她女儿就要我给她点肯德基外卖，结果老板娘就训她女儿'云雁阿姨整天吃外卖，好不容易来我们家吃顿饭，你还要让她继续吃垃圾食品啊'？她女儿就抱怨道，'我的同学们整天都讨论哪家外卖好吃，我长这么大了，还从来没吃过外卖，都快跟大家没共同语言了。'老板娘就很郁闷，觉得自己的女儿已经分不清好歹了。最近啊，她又想翻修自己家房子，预算四五百万，主要是软装。不过她已经放弃了让我设计的想法，因为她不相信一个从来没有住过豪宅的人能设计出豪华装饰来。"

赵宁听了只是微笑。我便想，我们一起参加的各种活动中，她似乎从来不需要做选择，参与而已，然而只要参与就有领导者的气象，有些气质还真是学不来。

松 江

吕岩回国后，第二天就约我。

平时在网上聊天，再热乎也是隔靴搔痒，线下碰面往往还会有距离感，所以得找个迅速回暖的话题。我想起云雁提到的"本地人"说法，吕岩跟我说他是本地人，究竟是什么意思呢？我得问问去。

"哈哈，林泉说得没错。我就是传说中的本地人。"吕岩笑道，"今天带你去我的'家乡'看看。"

"哪里？"

"松江。"原来相隔几十公里，也有乡愁。我很开心我们之间的关系不需要解冻。距离产生美，而且平时还有交流，所以相当于在冰箱中冷藏了几个月，还有保鲜效果。

车上了高速，过了莘庄，直奔杭州方向而去。在松江新城出口下高速后，路过一个城楼般的建筑，吕岩说是他的母校，这座城楼原是松江府衙的一部分。马路对面就是方塔园，停好车，进园游玩。对于我这个年龄的女孩了来说，古迹没多大吸引力，唯一记住的便是这里是电视剧《情深深雨濛濛》的拍摄地。

"改天带你去嘉定，嘉定是上海的第一代科学城，那边的孔庙是《唐伯虎点秋香》的拍摄地。"吕岩的第一反应居然不是近在咫尺的车墩影视基地，而是在他熟悉的范围内寻找我们的兴趣交汇点。

第二站是醉白池，风景不错。不过出园后我已相当疲惫，上车后便睡着了。感觉车子开了很长一段路，后来停在一家古色古香的餐厅门口，叫作森林人家。转身一看，居然是在山脚下，吕岩说这就是佘山。这是我在上海第一次看见山。天已经黑了，分不清东南西北，只觉得环境跟之前公司开年会时去的莫干山度假区有些类似。餐厅主打农家菜，菜品不太记得了，只记得有醉蟹，有笋。醉蟹是因为季节，记得有笋是因为佘山太小，山上不太可能有什么野生动物，唯一丰富的便是竹子。

餐后，吕岩低声道："这家森林宾馆的别墅都在半山腰上，环境相当好，松江还有很多好玩的地方，我们今晚就住这吧？"

我懂他的意思，可是还没想好，于是含含糊糊地说要回家。他说："好，我们回家。"

车子刚开出去没几百米，又突然拐进了一个停车场。这停车场也在山脚下，很大、很大，却只有我们一辆车。

吕岩靠近树丛停车，解开安全带，往右一把抱住了我，"我是个男人，控制不了自己，帮帮我。"

他要干吗？我想起了云雁的种种遭遇，蒙了。

"怎么帮你？"

"你看着办。"

这是一道难题。他的脸紧贴着我的肚子，呼吸急促。我很担心被他认为太胖，因为今天吃得太多，小腹明显隆起，像怀胎数月的孕妇。我不知该怎么办，真想在群里发个信息咨询云雁和林泉。可这种场景下拿起手机打字是不是很滑稽？同意他的话，是不是太早了？不同意的话，又是否太过"绿茶"？

想了半天，终于有了一句台词："是不是太累了？"

他依偎在我的怀里点头，像只温顺的小羊羔。我忍不住摸了摸他的头，除了柔软的头发外，还触到腮边扎人的胡子，又开始担心他可能是一只披着羊皮的狼。

"我下午睡过一觉了，要不你休息一会儿吧。"终于有了第二句台词。

他没点头，也没说话，只将双手在我腰背间游走。我只好装浪漫，看星星，"好久没看到过星星了"。他的手活动空间不大，往上或往下都是敏感区域，只觉得他动作幅度越来越小，然后传来轻微的鼾声，最后将双手落在我的臀部。该不会是装睡吧？

关于这种男女之间的博弈，云雁有过许多论述。她总结说："男人霸道还是舔狗，女人作与不作，一切源自实力，所谓的自信、段位都是皮毛，经不住几下蹭。如果你面对的男人特别垃圾，相信你连于都不愿给他碰，之所以还愿意跟他一起吃饭、散步，就是有可取之处。那些能把女人折磨得死去活来的男人，要么有权有钱，要么有颜值。最麻烦的就是碰到那些不上不下、不好不坏的男人，食之无味，弃之可惜，爱又爱不起来，虐又虐不下手。多数人的婚姻状态就是一个胸无大志、整天叽叽歪歪；一个心有不甘、想起来就吵吵嚷嚷，简直浪费生命。不过对于'普女'来说，但凡你看得上的，稍微坚持一下就从了吧，说不定第二天就遭遇新的竞争对手。只要不是特别渣的男人，有了亲密关系，就等于抓住了他的命门。"

可说话和行动两码事，云雁懂得所有道理，依旧遭遇渣男接力，一个也拿捏不住。

四下漆黑，车内也能清晰地听到虫鸣，偶有风儿刮过，才意识到窗户是半开的，然而我一点都不害怕。此情此景，比林泉的经历更浪漫，比云雁的遭遇更安全，甚至有点浪漫。我在想，是不是该将眼下的场景拍下来，发到群里与她们共享？

我正这么想着，突然又来了一辆车，亮着大灯晃晃悠悠地绕场一圈，最后停在离我们最远的角落里。

"吕岩，吕岩，有人来了。"我叫醒了他，或者他根本就没睡着。

"在哪？"他一点儿也不着急。

"前面，对面，来了一辆车。"

"哦，没关系。"

他刚直起身，对面那辆车就开始剧烈摇晃了。我有点后悔叫醒吕岩，眼下这一幕好尴尬。

"我们还是走吧。"我说道。

"好的。"他启动了车辆，晃晃悠悠地往外开，中间有几秒，可能只有一秒，离那车很近，而那车像是一只正专心刨土的狗儿，依旧翘着屁股抖个不停。我觉着这会儿自己脸上直发烫。

"是不是故意带我来这儿的？"这显然是一句废话。

"这地方很有名的，车震圣地。"他居然说出了敏感词。

"讨厌，不要跟我讲这个。认真开车。"

"还真有点困了，可能是醉蟹里的酒精发挥作用了。"

"啊？这算不算酒驾啊？"我在犹豫回家的决定了。

"不知道，景区应该不会查酒驾吧，高速上也不会，就嘉松公路跟张江的风险大一点。"这时车辆正行进在林荫新路上。

"好吧，要不，今晚就住这边，明天可以去欢乐谷。"其实，这是我刚才思考了很久的结果，只不过借着开车的话题讲了出来。

吕岩听了，二话不说，立即将车开进了这条路边的一家五星级度假酒店。

"不是说森林宾馆嘛，不用住那么好的。"我其实不担心花钱，而是怕自己适应不了新环境。

"这边光线好些，森林宾馆房间光线太暗。"

"你想干吗？开一间双床房哈。"我想起了王小波《黄金时代》里的场景，王二要就着月光研究陈清扬的结构。万一今晚如此这般，会很难堪的，要那么亮的灯光干吗。这里不比云南的山林，而是大都市的度假酒店，吕岩并非王二，我也不是陈清扬，年代不同，生活背景也大不一样，作为"非著名小白兔"，还是要按既定"人设"行事的。

"双床房？"他反问道。

"嗯，要不就两间房。"我故意这么说。

"那还是双床吧，两个房间怎么聊天啊？太不方便了。"果然，要达到一个目标时，必须提出一个更高的要求，然后妥协下来，就达到自己的目的了。

"其实很有必要，只是为了避免浪费，这里一间房要一千多块吧？"

吕岩刚停好车，我又发现了一个问题，"我没带身份证啊。"

"哦，那么我先去开好房间，再来叫你。"

"不用了，你把房号发给我就行。我自己上去。"

"哦，我是担心你觉得……"

当然有这种担心，什么都还没确定呢，搞得跟应召女郎似的。

"那怎么办？"我又有些慌张了，没有身份证是件小事，说到底还是对新环境没把握。说实话，我觉得刚才那个森林宾馆就挺好，半山坡上都是别墅，安静又隐秘，不通过前台也可以抵达自己的房间。五星级大酒店还有个灯火辉煌的大堂，我怎么进去啊？

"这样，我登记好了之后，出来把房卡给你，你先进房间，然后我再进去，万一有人问起来，我有身份证，也好说一些。"

"为什么不能要两张房卡？"

"一般一张身份证就给一张房卡，看前台怎么安排吧。"

"是不是明天早餐也只给一位啊？"我还是有点担忧，其实还是没想好怎么走进那个房间，所以给自己找了一堆困难。

"那倒不至于，双床房本身就是含双早的，万一明天问起来，另外付费就是了。"

我在车里至少等了二十分钟，吕岩才出来。

"怎么了？你洗澡去了吗？"我质问道。

"没有，没有，抱歉！前台办理入住的服务员太少，排了半天队，刚拿到房卡，你先上去吧？"

"我，我不想上去了。"这是给自己打退堂鼓，试试自己的决心，也看看吕岩的态度。

"啊？为什么？"

"不为什么。感觉不太好。"我的情绪确实有点低落，主要还是没说服自己在外面过夜。

"嗯，我想想，要不我们一起上去吧。"吕岩虽然是征求我的意见，但语气很肯定。

"不是会查证件吗？"

"前台忙得一塌糊涂，哪有空管谁进了电梯啊？你见过五星级酒店拦客人进电梯吗？"

这个解释似乎挺有道理的，我便下车跟他走。

进大堂后果然没人试图接近我们，电梯里也只有我们两人。

这栋楼很长，走廊里灯火辉煌，但很安静，只有我们踩在地毯上的声音。终于进房间了，OK，一切顺利。房间带有大大的浴缸，大大的阳台。

"怎么是大床房？"

"哦，双床没有了，度假酒店的双床房很紧张的，我们又没预订……"

"你故意的吧？太坏了。"

"真不是。"他一边答复，一边跑去阳台，转移话题道："看到对面那个白色的大锅了吗？"

"看到了，这是什么天线吗？"

"那是中科院上海天文台的射电望远镜。"

"望远镜？怎么长这样啊？"

"射电望远镜就这样，不是山上那种老式光学的。天马山那边还有一个更大的呢。"他又要对我进行科普了。

"我还看见一座小教堂。"

"没错，是有一座小教堂。佘山山顶有一座大的。"

"我想去那边走走。"房间里气氛太暧昧，即便在阳台也能感受到。我认为还得缓冲一下，否则在房间里聊什么呢？休息时间还早啊。

于是吕岩又耐着性子陪我去院子里散步，看小朋友们挖沙子。我知道，他一直在想怎么把我尽快弄上床，可我偏偏要把这个过程拉得很长。我们一直在拉锯。

"对面是哪？"

"月湖雕塑公园。"

"我们能进去吗？"

"下班了。"

"今天你提到松江有一个什么英式小镇？"

"泰晤士小镇。"

"那边有酒吧是吗？我们现在去逛逛吧。"

"酒吧人气不旺，跟新天地没法比，你去了会失望的。还是白天去吧，泰晤士小镇更像一个婚纱摄影基地。"

"好吧。"

多无聊的对话，如此这般我们在这酒店内外游荡，了解了它的每项配套设施，也从各个角度认识了夜晚的佘山。我知道，只要在室外，他就是我的仆人，说什么就是什么；一旦进了房间，我就成了狮子口中的猎物，再也没有逃脱的可能。刚才借口散步，算是从狮子口中暂时逃脱的奇迹。然而被狮子咬伤后也跑不太远。

我这点儿小算计啊，只坚持到了晚上十点，终究敌不过他强大的荷尔蒙。一进房间，吕岩就完全变了一个人，变成云雁描述中的那些"渣男"，一句话也不说，直接将我扔进了浴缸……

第二天应该是去了佘山天文台和辰山植物园，仍然是中科院的地盘。

我当时抱怨过这么一句："都是你熟悉的地方，带多少女孩子来过？你确认我对这些地方感兴趣吗？"不记得他怎么回答了。这些景区对于我来说，一次就够了，不知为什么有些人可以去多次，甚至无数次。

在同样的地方同样的场景容易说同样的话，时间长了记忆稍有参差就容易出纰漏，"你说那温室像只可怕的毛毛虫""我记得你那天穿了一件蓝色的卫衣，好看极了"。

女人的反应一般是："我说过这话吗？我从来就没有过蓝色的衣服，你又是跟哪个女人去的？"

这次寄到杭州的行李箱中，有一个已经褪色了的永生花礼盒，就是那一次去辰山植物园时吕岩为我买的，它跟实验室那只小白鼠一样，也是一种生物，跟他的职业密切相关。

总之，在一个很短暂的时间段里，感觉还是蛮幸福的。不过事情进展得过于顺利了，总觉得有些不妥当。这种不妥当无可名状，现在可以总结为没有安全感。它像小时候跟小朋友一起玩，在抽屉里发现了几颗糖，当时玩得兴起，便分着吃了，吃完后才发现这是在别人家。回到家后便有些惶恐，担心这糖可能是用来药老鼠的，即便不是药老鼠的，也可能是其他药丸，即便不是药丸，也没得到家长的允许……

人的情绪总是需要出口的，只不过有些人的出口比较隐秘，比如讲给自己关系私密的人听，或者写下来。吕岩于我虽是有私密关系的人，但在这件事上不合适交流，我总觉得不能与带来这种"惶恐"的人交流"惶恐"本身，也可以解释为我们在某种程度上还"不熟"。跟自己最熟的人是谁呢？一般来说，遇事后第一个想到的人便是，于是我对云雁讲了自己的"惶恐"。

云雁："总之就是觉得自己做错了什么？没想过糖的价值就是给小朋友吃吗？是谁给糖加了这么多定语？"

我："定语？"头回听云雁采用这么文绉绉的说法。

云雁："我的，你的，她的，可以吃的，不能吃的，有毒的，做药的。是谁把本应该属于小朋友的糖异化了？"

我："明白了。"

云雁："我们的身体和快感就是我们的糖。曾经有人把我的糖拿走了，最近几年我才拿回来，却被人骂做小偷、强盗。我小时候的遭遇，用童话的方式来讲述就是，有人告诉我，你吃了别人给你的酒心糖就是坏孩子，这个社会的规则是小孩子不能吃带有酒精的东西。因为你做错了事，所以属于你的糖要全部拿走。其实错的不是我，是给我酒心糖的那个人。"

我："是的。第一回听到你讲这么有寓意的句子，蛮有意思的。"

云雁："因为自己年龄上来了，句子就长了，不像小姑娘时候只会用短句——是吗？真的吗？这个好吃吗？你喜欢我吗？……呵呵。"

我："第一次听说长短句跟年龄有关系。"

云雁："言归正传。我觉得你纠结的核心在于，你们一起分吃了糖果，基于你原有的认知，担心会受到惩罚，所以很不安。你并不知道这种惩罚存在与否，来自何方。而我呢，完全不担心这些，想吃什么糖果都可以，吃多少也没人管。"

我："你真的觉得，人可以随心所欲？不用考虑婚姻的问题？林泉可是一门心思要结婚的。"

云雁："对于我来说糖就是糖，可是对于林泉来说，她只想吃宝塔糖，吃了它可以驱虫，别的糖可能会养虫。而我的肚子里没有蛔虫，哈哈。"

我："可是我的肚子里有蛔虫，也想吃别的糖，怎么办？"

云雁："那就别想那么多，都吃。"

后来吕岩在我的公寓里住了一阵子。因为他的住所在肇家浜路上，每天开车上下班太远。我渐渐地了解到，肇家浜路的房子在他名下。

云雁知道后惊讶道："哟，吕岩家还挺有实力的嘛，这么好地段，也不太像拆迁安置的。三室两厅的房子价值一千多万，不是他自己能买得起的。"

我："他说是在中科院读研还是读博期间家里给买的，离得近方便些。"

云雁："这么看来，就不是一般家庭了。你去过他那房子吧？他一个人住吗？听他这么讲，估计家里另外还有房子。"

我："没错，就他自己住，除了他那个主卧，其他房间都空着。"

林泉也说："你有没有意识到这家人相当有实力啊。如果是我，还是赶紧躲开算了。"

我："为什么？"

林泉："我肯定配不上人家，免得浪费时间。"

我："一套房子而已，有什么配不配得上的？"

林泉："房子说明了很多问题，他的家庭肯定不简单，人长得高大，又是博士，就没有明显缺点。照我说啊，他跟落魄前的赵宁倒是蛮般配的。"

按她的说法，赵宁在她父亲出事前配得上，现在也配不上，我们三个就不用提了，说明家庭门第很重要。她的潜台词就是我和吕岩没有未来，我不高兴林泉这么分析，于是沉默了。

云雁接话道："也未必，高低配的事情比比皆是。不过对于上海男人来说，搞定他妈妈比搞定他自己还重要。还是要看吕岩是不是妈宝男。"

林泉："如果这房子是吕岩自己买的，父母经济条件一般，说明他本事大，找女朋友这事家长管不着。如果是父母给的，事情就比较麻烦。当然，我只是这么说说，凡事没绝对，我只是觉得夏凡留个心眼，多了解了解情况总没错。"

怎么了解呢？我总不能主动问吧？吕岩也没到要向我求婚的时候，总觉得还得再等等。

后来我们又去了一趟松江，终于可以顺带问问他的家庭情况了。傍晚时光，车停在尚未开业的广富林遗址公园对面，我们坐在车内，隔着湖面看夕阳落在对面的塔尖上。

吕岩："这可能是上海风景最好的停车场了。"

我："来过两次之后，发现松江比我想象的好多了。"

吕岩："松江府之前跟苏州平级呢，管辖的区域就跟现在的上海市差不多。"

我："也就是说，其实你们才是真正的城里人，而不应该是上海人口中的本地人？"

吕岩："那当然，我爷爷奶奶、外公外婆，往前数好几代人都住松江老城，我们是云间世家。"

我："云间世家？"

吕岩："松江的别称叫云间。"

我："好浪漫的名字。老城就是方塔园、醉白池那一片吗？你们家的老房子还在吗？"

吕岩："早拆了，整个松江都没剩几栋老房子。我们家现在住新城，离这里不远，就在泰晤士小镇。"

我："难怪上次不带我去，原来是这样，怕被人看见吧？"

吕岩："不是，不是。"

吕岩担心我生气，停顿了一会儿，解释道："再稍等一段时间，我先跟家里说下我们的事。一定在我们家的桃子成熟前带你去玩。"

我没说话。先向家长汇报，再带女朋友进家门，倒是合情合理。"再稍等一段时间"，也无懈可击，不到谈婚论嫁之时，见对方父母当然太早。他们家有桃树，说明有院子，泰晤士小镇的别墅，怎么算也是千万级别的，看来确实不是普通家庭了。

不记得过了多久，吕岩终于要带我去他家了。

我好紧张，应该准备什么礼物？该如何表现？照例在群里讨论。

林泉："礼物的事，应该问吕岩吧，他了解自己的父母，知道送什么比较合适。我觉得第一次见男朋友父母这种事，意思、意思就好，做到小小礼物情意大。"

我："哎呀，小姐姐，我也知道小小礼物情意大，就是不知道送什么好才讨论啊，吕岩什么都说不上来，他说他们家什么都不缺，去吃顿饭就好。"

林泉："那不行，中国人串门的规矩是不能空手，何况是这么关键的场景。你总不能拎着水果就上门了吧？吕岩说得也太随便了，照我说得按未来儿媳见公婆的标准，如果就是吃顿饭，跟带女同学回家做客有什么区别？"

云雁："那么，他们家究竟是什么意思呢？考察儿媳妇？还是就依照惯例接待儿子的朋友，女性朋友而已？他们家住别墅，会不会经常接待客人啊？"

我更焦虑了："我也不知道。"

云雁："这个吕岩怎么跟死人似的，一点主意也没有？感觉在妈宝男的道路上一路狂奔啊。平时你们在一起玩，谁说了算？"

我："出去玩的话他做功课，因为我不懂。不过除了出去玩的话，平时我说吃什么做什么，他也从不反对，都照做。"

林泉："什么意思？是说妈宝男会转变成妻管严？"

云雁："很有可能啊。就是从小由别人做主惯了。"

林泉："我的意见是，不管什么情况，还是要重视。见他父母这事，不管对方怎么看，夏凡都得送点像样的礼物，按未来儿媳的礼节来做，对方才会有压力，才不会看轻你。而且礼物这种东西，他们这种家庭很讲面子的，绝不会让你吃亏的，回礼一定比你送得更贵重。"

云雁："没错，他父母这个年纪的人，对男女之间的交往应该是比较保守的。现在儿子都跟人家同居了，当然要当作未来儿媳看待，怎么能随随便便吃顿饭呢？要是换了林泉，双方都是上海家庭的话，这次很可能就是双方家长见面了。"

我："我总觉得还没到那个程度。我自己父母这边也还不知道呢。"

林泉："他们不在上海，不了解实际情况，以他们在五线城市的认知，无法和吕岩的父母去比。你现在告诉他们，只会干着急。这事还是你自己搞定更靠谱。"

云雁最后提议："去淮海路买大牌吧，林泉说得没错，这种投资不会折本的。"

于是我对吕岩说，得买点像样的东西。他居然也同意了，而且提出他来刷卡。我说，这不好吧，他便不知该怎么办了。幸好此时林泉和云雁在群里一起提醒我："记住，不管买什么，一定要自己付款，千万别用吕岩的钱。因为你不能确定他的父母将来会不会了解到这个细节。"

在吕岩的陪同下，我去爱马仕之家给他妈妈买了一条丝巾，又去环贸广场给他爸买了一只万宝龙的签字笔。吕岩在一旁只说好看，其他的话语一句也没有。礼物买好了，我的焦虑和惶恐丝毫没有减轻，比高考还紧张，直到见他父母那一刻。

他的父亲居然是松江区一位刚退休的局长。我的第一反应是，完了，爱马仕围巾和万宝龙签字笔他们家肯定都有的。难怪吕岩说他们家什么都不缺，说不定还能找到同款。算了，心意到了就好，我只好这么安抚自己。

我不敢多说话，他们问什么，就答什么。他父母很有礼貌，看上去也很慈祥。待了差不多两个小时，并没有吃到他们家院子里的水蜜桃，只是很拘谨地吃了一顿饭，当然没吃饱。告辞的时候，吕岩妈妈很和蔼地送给我一个白色的大礼盒，外表看不到任何 logo。里面是什么？完全猜不到。

到了车上，我问吕岩："这是什么？"

吕岩："我哪知道啊。我妈买东西，连我爸都不能过问，当然不会提前告诉我。"

我："那我拆了啊？"

吕岩："拆吧，我也想知道是什么。"

突然，我又不想拆了，仿佛这个白色礼盒里会跳出一只怪兽来。

回到张江的公寓里，睡了一觉，喝了一听可乐，我才有勇气打开这个礼盒。

"天哪！水晶鞋！Jimmy Choo！"就是这双鞋，我在北京国贸、上海恒隆广场看过无数次的灰姑娘的水晶鞋，终于属于我了！

吕岩却面无表情，他只是在一旁看着。

"还是 34 码的。"我欣喜若狂，同时也有个疑问，"你妈妈怎么知道我的尺码？"

"哦，这个，我也不知道。"他居然面无表情。

但是我依旧很兴奋："呵，哼，居然没跟我提过这事。我是 33 码的，有时候 32 的也能穿。34 呢，大多是因为这个品牌没有更小的了，得加鞋垫。Jimmy Choo 就是这个情况。这双鞋子呢，我看了好几年了，就是迪士尼真人版的灰姑娘电影，那个主演在首映式上穿的就是这一款。知道吧？"

"嗯。"他答得很敷衍，却捧着那双鞋子看得很仔细。

"我太喜欢这鞋子了，没想到是你妈妈送我的。真是太开心了。她肯定也了解到 Jimmy Choo 最小只有 34 码的，所以买了这双。"

"哦，原来 Jimmy Choo 最小只有 34 码的。"他又重复了我的话。

"你妈会不会觉得我个子太小了啊？"我突然想到他还有过一个前女友，现在英国的那位，她应该比我高一些，吕妈妈怎么想？

"不是，不是，我妈个子也不算高啊，我们家的个子都随父系。"吕岩连忙解释道，他似乎很紧张。"父系"，又是一个生物学名词。

第二天，吕岩没在我这里住，他原本也不是天天来，说张江这边资源不足，有些数据要在岳阳路那边找服务器算算。从乞力马扎罗 FM 下班到家后，我又沉浸在获得水晶鞋的喜悦中了，一边上网搜索这款鞋的相关信息，一边拍了照片向林泉和云雁"炫耀"。

云雁："不错，不错，一直以为停产了，居然还能买到。"

林泉："我说了吧，他们做长辈的不会让晚辈吃亏的，你送的是几千块的围巾和笔，人家直接送两万多块的东西，只不过送鞋子我倒是没想到。"

我："送鞋子有什么讲究吗？"林泉的这句话引起了我的注意，我立即开始在百度上搜索关于"送鞋子""送女朋友鞋子""送儿子的女朋友鞋子"以及"送水晶鞋意味着什么"等等一系列关键词。

林泉："没什么。这么贵重的鞋子，还是水晶鞋，灰姑娘和王子的故事，当然是表示认可了。"

云雁："嗨，就是个奢侈品，什么灰姑娘和王子？我们家夏凡凭什么是灰姑娘，他们家吕岩凭什么就算王子了？"

林泉："话不能这么说，人家老爸还是个局长呢。云间世家，不是王子是什么？"

她们正讨论着，这时我在网上看到很多关于送鞋的说法，好的坏的都有，一下子像打翻了五味瓶，不知道什么感受，总之，没有之前愉快了。

我："为什么网上说送鞋是希望别人离开的意思？"

林泉："那是很古老的说法吧。哪有送两万多块钱的东西去提示别人离开的道理？"

云雁："送水晶鞋，就是把你当公主啊，还能什么意思？别多想。"

一般叫人别多想，都会适得其反。我这一晚上什么也干不了，一直在网上搜索各种关于送鞋的信息、文章。

其实大多数信息都是正面的，可这时偏偏一两条负面信息就会吸引自己的注意力。有的说鞋与"邪"同音，不祥之兆。还有一种说法是送鞋预示着两人会分手，因为穿了鞋子会跑掉，所以呢，尽可能避开这种礼物。

原话是这样的："给女朋友买鞋也不是不可以啊，你什么项链、手镯、戒指、衣服、包包都买过了，再送一双鞋子也没什么问题。可别上来就送鞋啊，鞋穿脚上就会跑掉，多不吉利！"

于是我回想吕岩之前有无送给我什么贵重礼物，想了一圈，还真没有，就他妈妈送的这双鞋最贵了。我越想越郁闷，只好打电话给吕岩，讲了自己的困惑，还有网友的各种说法。他居然没有像林泉和云雁一样安抚我，只是平淡地说，就一双鞋子而已，什么含义也没有。

"什么含义也没有？你妈妈送我这么贵重的礼物干吗？"

"哎呀，没关系的，这些东西他们很多的，我们家有个储藏室全是，用也用不完。本来说的就是去吃顿饭嘛，你自己要送爱马仕的围巾、万宝龙的笔，我妈当然要考虑回礼了。"

"吕岩，你说，是不是把我准备的礼物提前告诉你妈了？"

"这个没什么关系吧？"

"怎么没关系啊？不是说好要保密的吗？"

"那怎么办？万一我妈让你空手而归，不更难受吗？"

"不用你管啊，我自有安排。你破坏了我的计划。"我发现自己说漏嘴了，懊悔中。

"吃顿饭而已，有什么好计划的。"他居然接了话，踩在我的痛点上了。

"吕岩，这不是吃顿饭的问题。你怎么能觉得这事不重要呢？第一次见你父母是件非常有意义的事，它关系到我们的将来。"

"哎呀，一顿饭和一双鞋子而已，有多重要啊？"

"我最不喜欢你这种无所谓的态度了。还有事无巨细，为什么都要告诉你妈呢？"

"不是这样的。我对这些礼节性的东西根本就没感觉。之前只是我妈提醒了一次，说让你别买东西到家里来，别让人家女孩子破费，在上海打工赚钱不容易。结果你一定要买，我觉得也行吧，但是我妈又说过别买，所以呢，还是得先给她说一声。唉，其实我也觉得不用送这双鞋子，可是，我事先不知道。我总觉得她会送个金手镯、玉手镯之类，这种东西她很多的。"

"吕岩，你错了。你根本不知道我生气的点在哪里。你妈让你做什么你就做什么，问你什么就回答什么，都没有顶嘴，为什么到了我这里就一直顶嘴？"其实这也不是我生气的点，只是呢，我真正介意的事情，永远不会主动说出来，甚至自己也没能总结出来。

"啊？夏凡，这不是顶嘴，就解释一下而已。"

"解释不就是顶嘴吗？！"

"这……"电话那头他一副无奈的语气。

"吕岩，今天我们吵架了，这是我们第一次吵架，居然是因为我最喜欢的水晶鞋，我太难过了，你竟然不顺着我，好难过，呜呜。"我哭出了声。不过内心也在自责，是不是这段时间工作太平顺了，也没什么事，自己多想了。

"这不算吵架。夏凡，我正在做数据呢，老板在隔壁，没什么事我先挂了哈？"

"博士都毕业了，导师还这么管你吗？"我便趁机发嗲。

"唉，公司也是他的啊，毕业不毕业都一样。别给他听见了，又要告诉我爸去。"

"他还认识你爸啊？"

"当然，他俩认识十几年了，要不我考他的研究生干吗。好了，我不多说了，你先挂电话好不？"

"好吧。"我只好挂了电话。

通话结束，我的烦恼并没有结束，又跟林泉和云雁聊了一会儿，然后准备睡觉。当然，睡是睡不着的，躺在床上胡思乱想而已。深呼吸了一口气，似乎房间也安静了许多。我意识到自己介意的是一种不确定性，因为吕岩和他的父母都没有给我一个确切的定位，确实只是吃顿饭而已，没有后续，没有进一步计划，一切都不确定。

望　京

　　之前关云雁说过，上海的小资环境会让人失去创业激情，不如趁机谈个恋爱。果然应验，恋爱还带来无尽的烦恼，不过有一种非常有效的抑制烦恼办法，那就是工作。我自己分析过，工作太平顺了，就容易胡思乱想；工作忙起来，情感问题就被抛在脑后。

　　自从加入乞力马扎罗 FM 之后，互联网业态又发生了很多变化。继各大读书会从会员组织转型成为带货商城之后，知识付费又成了风口。各行各业的专业人士纷纷开设专栏课程，乞力马扎罗 FM 三两年内便从网络电台转变成为最大的知识付费平台。有些媒体名人也借助自己强大的个人 IP，成立了自己的平台。比如说赫赫有名的电视主持人"四胖"创办了"焦虑APP"，还有我们的易姐，以自己的女性访谈专栏"当代女性"为抓手，通过"一姐读书会"聚集了大量粉丝。

　　北京拥有大量 IP 资源公司、流量入口，因此乞力马扎罗 FM 在互联网企业扎堆的望京商务区设立了分部。我的业务方向上也有一些老师是在北京的，便以此为借口跑了一趟北京。北京和上海在很多方面都可以类比的，比如上海的张江相当于北京的上地，都是国家级科学城，而北京望京相当于上海的漕河泾，离机场近，业态相似，连房价都差不多。

拜访过几位客户之后，我居然破天荒地约兰姐见面，这个我曾一度非常厌恶的女人。不过兰姐倒很"大方"，立即安排出时间来请我吃饭。

回想当初约兰姐的原因，主要是时间久了，怨气散了。加之当年赵宁也帮我分析过，最后的股份分配也不算太吃亏，只当是那一百多万借给兰姐用了两年。另外，兰姐毕竟算是业内人士，认识多年，还共事过。她做 CEO，我做 COO，当年配合多多，也矛盾多多，现在既然一同"下野"了，大可"尽弃前嫌"。

为了表示对我的重视，她特意在望京选了一家川菜馆——眉州东坡酒楼，"因为你是四川人嘛"。这家老牌餐厅非常符合兰姐一贯的风格，菜品地道，就餐环境过得去，关键是价格便宜。

前半场聊的都是原来读书会的人和事，以及"一姐读书会"当下的状况。

"怎么说呢，易姐有多数女人的通病，好面子，摊子铺得大。融了好几轮资，本来好几次要盈利了，她又想出新点子来折腾一下子，结果没钱了，又得融资。大家的股权都稀释成什么样子了，光有估值又没上市有什么用？”

"哦，退出的人多吗？”

"有，但不算多，毕竟估值摆在这里。去年有个结婚买房的，今年有个家里急用钱的，反正比例不大，也没人关注。作为前任老板，他们愿意告知我一声，我就祝福她们，仅此而已。”

"如果一直不上市，我们要退出吗？”

"也可以考虑，看价钱合适吧。按现在的股市行情，上市也不一定能赚到钱，而且去哪上市还没定呢。现在运作上市挺难的，人家说易姐个人 IP 太强是优点也是缺点，品牌价值高，但风险也高，其实很难准确估值。说起来，乞力马扎罗 FM 还没上市呢，好像也是摊子铺太大。不过两家公司的规模不在一个数量级上。你在乞力马扎罗 FM 有股份吗？”

我笑着摇了摇头："忽略不计。"

"我总觉得你去乞力马扎罗 FM 是做卧底去的。"

"什么？卧底！给谁做卧底啊？哈哈，我肯定不给易姐做卧底。"

"哦，我表达错误，应该是——偷师学艺。现在回头看来，我们原来的运作模式比较粗放，公司没运作好，所以才卖给易姐。你呢，比较年轻，想学点管理今后自己干，蛮好的。"

我这点小心思可从来没对兰姐或者同事提到过，没想这么容易被拆穿，看来也不是什么秘密。于是我点点头，"感觉用途也不大，我也不能搞个什么网络电台或者 APP，投资太大了。"

"谁还用自己的钱创业啊？干吗不融资？"

"融资？"兰姐说这话时，我又想起那一百多万的事，当年她是把我当作低成本的天使投资了。我曾想过一百次如何找机会大骂她，然而机会来到时，我却一点儿呛人的欲望都没有了。于是尴尬地笑了笑，"现在跟以前不一样了，光拿履历和 idea（构想）骗钱还是不行，得自己先搭个草台班子啊。"

这是实话，本意也并非影射她当年的公司是草台班子，不过话出口后居然有讽刺效果，而且力道刚刚好，隐晦地出了一口恶气。

兰姐是见过世面的人，年纪也大我许多，当然稳如泰山。而且她关注的点从来就不是情绪啊，感情之类，而是个一门心思"搞钱"的女人。

她又提到："不一定要搞平台，你可以做内容运营。"

"内容运营？兰姐也在关注这个？"

"没错，现在有名望的人，平台都能找到，但是还有大量没什么名气的老师，他们有一定知识文化水平，表达又比较好，想在平台上开课很难，要么是他们联系不到平台，要么是平台看不到他们。这个中间有断层，需要桥梁。"

"确实有这种情况。我所在的部门，已经从读书会业务转型成发掘女性相关课程了。"

"你没觉得现在这种情况，跟你加盟我们读书会的时候很类似吗？只不过当时是邀请她们来现场讲课，现在请她们在线上开课。你手上有很多优秀女性资源，但是她们不一定懂互联网，甚至不一定有足够的商业意识，你可以链接各大平台，这属于稀缺资源；而对于平台来说呢，他们不能确定哪些老师能跑出来，随便投入资源打造老师的风险也很大。我觉得这几年是个机遇，适合你这样的女孩子创业，不需要建平台啊，就靠自己牵线搭桥就好了。再过几年这个窗口就没了，阿猫阿狗都能找到组织。所以这里面就有个机会，比做读书会容易，你觉得现在再搞读书会还有机会吗？"

"现在再做这种学习型组织成本太高了，靠钱堆起来。"

"没错，你可以做代理人，专门开发一些不知名老师的课程，赚第一桶金就好了，过几年再建自己的平台。我知道已经有人这么干了。适合做经纪的人才不多的，影视行业有不少，但知识付费领域还不多。夏凡，我相信你也意识到这个机会，不过呢，每次都犹豫不决，需要有人推你进门，就跟前几年拉你入伙一样。这次呢，再催催你，不过我们角色换一换，你创业，我来入股，怎样？"

回到酒店后，感觉这趟来北京特别值，像捡了一百万。我兴冲冲地给吕岩打电话，告诉他我"卧薪尝胆"的步骤已经完成，现在要开始二次创业了。

他也兴冲冲地对我说："好啊，我可不可以成为你旗下的第一个艺人，哦不，老师？哈哈。我可以讲基因相关科普知识，人的遗传密码。"

"当然可以啊，不过我的客户群主要还是女性，课程也专注于女性群体。"

"女性感兴趣的基因话题也很多啊，比如肥胖、表观遗传、饮酒能力、性格，甚至还有美容，都跟基因相关，不过这种个人基因检测的产品不是很靠谱，市面上的产品大多是骗人的。还是我们的遗传病方向、肿瘤方向的数据分析比较准确。"

"遗传也挺好玩的啊，不过不要老是讲什么疾病，能不能讲点好玩的东西？"

"好玩的就是前面提到这些啊，只要是基因，都跟遗传相关，只要遗传，都跟基因相关。"

"那就别讲什么肿瘤和遗传病，就讲讲肥胖、美容。"

"这些东西，本科生也能讲。"

"那不一样，博士学位本身就是背书，大家为什么要听一个本科生讲基因呢？生命科学的相关知识，最好是专家、教授来讲，至少也得是个博士。"

"这是偏见。"

"难道你要我去跟所有人去讲什么是偏见吗？这课还怎么卖？在网上开课要满足几个条件：第一就是学员为什么要听这位老师讲课，老师有什么能吸引网友的，有什么样的背书能够说服他掏钱购买这档课程。当然，我们做课的时候会安排一节免费试听课，听众觉得好了也会购买。这就涉及到第二个条件，课程除了内容好，老师的声音、普通话要过得去，表达必须是

流畅清晰的，含混不清的也不行。大学课程上的声音，录下来
放在网上有时很难听得清楚。很多老师对着学生会讲课，对着
麦克风就不会讲了。你的普通话还可以，但没有经过演讲训练，
暂时还达不到开课要求。网上课程和真实的课堂逻辑不同，听
众看不到你的表情，有些信息得靠语调、语速来传递。"

"照这么说，我的导师开课也不行了？"他立即变得很沮丧。

"很多大牌老师、学者不开课，一个可能是人家看不上，
另外就是不善于表达，特别是在互联网上表达。我们之前邀请
一位老师讲课，她就是录制音频的时候必须安排学生在现场听
课，这样就很麻烦，还没办法补录和修改。"

"这么多限制条件，还怎么创业？"

"所以说隔行如隔山，我熟悉的领域就能找到这么多老师，
还都是女性。我把她们运作出来就好了。"

"人家成名了，不会直接跟平台签吗？"

"两种情况，有的老师一次合作就结束，还有一种是离不
开经纪人的，协调好利益分成就可以，这些都是靠经验来判
断的。"

"感觉挺麻烦的，真要创业啊？"

"当然，我跟你说着玩吗？你支持不支持我？"

"支持。就是不知道怎么支持。"

他说的也是实话，不过我很失望，不管出钱出人出力，好
歹也得表示一下啊，这么一句话就结束了。哼，就是个酸溜溜

的博士，没有商业意识，没有什么社会经验，交往到现在，连最初的甜言蜜语也省去了。

我从来都没那么坚定，还是需要肯定的支持，于是又把自己的想法发在"租房子的女人"的小群里。其实呢，主要是想听听赵宁的想法，因为她上次关于兰姐的判断挺受用的。结果她没讲几句话，只是说终于等来了机会，还是得好好抓住。看来她的心态真的变了，这种话题也不能吸引她的注意力。

回到上海后，我立即向公司提交了辞呈。新公司的注册地选哪呢？朋友们有各种各样的建议，有说北京的，有说上海的，甚至还有说新疆霍尔果斯的，说是注册地和实际经营地没必要在一起。考虑到拜访客户和接触平台的便利度，我还是选了北京，就在互联网平台比较集中的望京。至于启动资金，大家一致劝我不要接受兰姐的"天使投资"，她们说，"被骗了一次，不能骗第二次""收了她的钱，后面就永远为她打工了"。兰姐当然没放弃，一连追了几个电话过来，我只是回答说还没想好，偷偷地把公司注册了。

林泉得知我要回北京，第一句话便问："那吕岩怎么办？"

云雁替我答道："想和吕岩在一起，这可能是最好的办法。如果留在上海打工，人家只会觉得不对等，没事业没房子没户口，拿什么跟人家比？不如回北京，夏凡的第一次创业在北京，之前做的读书会也在北京，好歹还有股份，客户资源也多。别忘了夏凡来上海只是蛰伏，现在机会来了，当然要回北京。"

　　林泉又道："就怕人家不吃这一套，有的男人还担心女方太强了，会说留在上海也一样创业。"

　　云雁："那不一样，创业都是九死一生，得全力以赴，因为一个男人就要留在某个城市，以后还怎么展开手脚？你说的情况呢，一般来说男方父母有这个心理，但吕岩本人呢，应该是不介意的。人家是很讲门第的，只要干出业绩来，有地位了，各方面都好说。所以我觉得去北京比在上海待着好。"

　　吕岩不反对我去北京，也不担心他的"权利"受损，说他可以经常找借口去北京出差，还能跟北京的生物医学界的小伙伴们多交流。

　　张江的酒店式公寓退租非常方便，带往北京行李也不算太多，另外一些箱子就寄存在吕岩的房子里。

　　由于办公需要，不能再租那种简单舒适的酒店式公寓了，而是面积第一。当然，也没必要租写字楼，写字楼面积要是租得太小了也没法往里带人，还是省着点吧。另外，还有位平台小伙伴建议我试着做自己的课，说是可以放在她们平台上销售，"你的声音条件不错，可以做一档教人如何抓住知识付费窗口的课程，这个方面你有话语权。"这样一来，我就需要有个录音的小房间，于是在望京地铁站附近的一个小区租了套两居室的房子，月租正好一万元，押一付三。客厅和两房都朝南，在北京属于相当好的户型了。

　　刚在望京落下脚来，接到家里的一个电话，说是发现有人在调查我们家族的健康状况。

我："谁？有谁那么关心我们？"

我爸："不知道。调查范围很广，最早发现这个事的是你三爸，他说有人去他单位调查，问来问去都是跟遗传病相关的，后来才发现要调查的人是你。"

我："我？！我在北京啊，调查我干吗？"

我爸："你三爸还以为你考公务员了，或者参军了，所以要政审，调查家庭出身和健康状况。我跟他说没有啊，他就找同事去打听了一下，说是领导安排下来的，上海这边打招呼来要求协查。"

我："上海这边？"

我爸："我开始也没闹明白，后来有邻居讲，说有人来过，了解我们家的各种情况，有没有啥子遗传病，比如精神病史之类。还特别问到你小时候的事，连有没有要过男朋友都打听了。所以我就想啊，你是不是正在交往啥子家里有权势的上海男朋友啊？"

我立刻想起了吕岩，难道是他爸在安排人调查我的情况？

不过当下这个问题真难回答。说是吧，我与吕岩正处于冷战状态，搞不好要分手；说不是吧，又没法交代。他们家调查我干吗？

于是我胡乱应答："哦，知道了。"

我立即打电话去质问吕岩。他听了之后，含含糊糊地回答说有可能。我便怒不可遏地挂了电话。此刻我有一种说不清的屈辱感，甚至有一种想去调查吕岩家族是否有遗传病的冲动，可是我有什么资源呢？什么也没有。

之后又不免在"租房子的女人"群里发泄了一通，得到三位群友的一致声援。不过创业实在是太考验人了，我来不及多想这些，将所有精力都投入在工作上。忙，真的可以治愈一切情绪。

这次我在杭州的房子里收到的一个纸箱，里面全是耳机、麦克风、声卡和各种缠绕在一起的音频线。当时我买了一台配置很高的专用台式机，就是为了编辑音视频时有比较高的性能，也不用将设备搬来搬去，后来发现电脑没有自带音箱。有人建议我直接买一个耳麦，可是我根本搞不清耳麦、耳机的区别，结果买到的是监听耳机。后来才知道这个耳机上面不带麦克风，没有输入怎么会有声音呢？就这样又买了一个新的耳麦，折腾了一周才给我的台式机接上正确的"嘴"和"耳朵"。后来觉得音频制作对系统资源的占用不大，干脆改用笔记本电脑。

最初使用音频剪辑软件也是如此，系统提示"DLL 文件缺失"。我上网查找解决办法，结果下载了一堆流氓软件和病毒，电脑几乎崩溃。我找吕岩通过 QQ 远程操控才得以恢复。

音频剪辑软件安装好之后，无论怎么操作都出不来声音。开始是给电脑厂商打电话，客服说经检测一切正常，不是他们的问题。我又找软件公司，软件公司说她们的产品没有问题，一定是使用上的问题，具体要到现场才能判断。才发现软件默认的输入输出都为空。实在没办法，想起了吕岩，原谅了他爸调查我家族遗传病的事，让他帮我远程查了电脑硬件设置。终于找到了原因，原来耳机和麦克风都设置了禁止应用访问。经过剪辑和添加背景音乐的音频文件在电脑上播放出来那一刻，我顿时觉得自己的声音太美妙了。

后来，平台小伙伴又认为电脑自带声卡的性能不够，建议我购买一台外置专业声卡，外加专业麦克风。当我花了好几千块钱买来设备后，对着那一排排按键和旋钮发呆，怎么也摆弄不了。好不容易用起来了，结果要么噪音大，要么电流声过大，要么工作模式不对，声音过于空旷，录出来的声音甚至不如手机。递交音频文件又有时间限制，这可如何是好？我不得已又去联系厂商工程师重新安装配置，花了很多时间。

还有一次，由于制作的课程当中含有一部分视频内容，合作平台要求我必须开具影视制作费发票才能支付费用。但是要开具这类发票，公司必须具备广播电视节目制作经营许可证，而申办这个证书还需要满足一系列条件，比如公司雇员当中必须包含三名广播电视相关专业人员，以及办公场地要求。上哪儿去找三名专业员工呢？还要有业绩证明。网上有帮人挂靠造假的， 开口就是多少万元，可是我们的收益还没那么多呢，怎能乱花钱？于是我想办法找有资质的公司挂靠，同时又担心被人骗……

类似这种情景有很多，每次被折磨得几乎要崩溃。怎么度过的？怎么解决的？都忘记了。创业之初不像在大公司打工，我就一个人，没有团队，没有财务、没有商务、没有 IT 支持，所有这些细节都得自己处理，感觉就是叫天天不应，叫地地不灵。

经历过更麻烦的事，才会觉得既往的小障碍不算什么。接下来我就遇到了更大的麻烦。

有一天，我申请了自开增值税专用发票的权限，不过刚开始自开票限额每张一万元，只得申请提额十万元版，还准备下一步申请到百万元版。如果不能提额，五十万的发票就得开五十张，显然是无法接受的。可是电子税务局连续三次驳回了我的提额提示，说是二级纳税人存在风险。什么是二级纳税人？存在什么风险呢？我拨打了税务热线，接线员告诉我查不到原因，得去咨询朝阳区税务局，税务专管员一脸懵懂："没看到什么异常啊。电子税务局上的驳回，不是我们驳回的，而是市局的系统审核的。我这里看不到原因。"于是我又去税务所的大厅取号咨询。工作人员查询后告诉我，现在的公司确实一切正常，不过按法人代表查询，发现名下有一家参股公司经营异常，具体有什么异常情况不清楚，极有可能是电子税务局提示的风险项。

我名下的另外一家参股公司？糟了！"一姐读书会"出问题了？我的第一反应就是这个。

结果工作人员告诉我不是"一姐读书会"，这家公司的法人代表叫苏源。

异常？有什么异常，几年都没经营了啊，没有销售额，没有进账，为什么异常？我于是又跑到西城区税务局咨询。

"连续两年没有年检，三年没有报税，没有财务报告，这么严重的事件还不叫异常啊？"工作人员非常严肃地批评我。

"我不是法人也有影响吗？"

"你如果是法人代表，现在这家公司也没法经营了。你连这个都不懂，还开什么公司。"我又被教训了，"苏源是法人，可你是股东。网上显示，苏源已经是失信人了，应该不是因为这件事。不过这家公司也快了，再过半年就进黑名单了。"

"那怎么办？"

"赶紧和法人一起去把那家公司恢复正常啊，要不就注销掉。否则你这家公司其他方面也会受影响的。"

很久不联系了，苏源出什么问题了？我只好厚着脸皮联系他。

苏源说："我在西安的 IT 服务外包生意做失败了，欠了很多钱，所以我们几个创始人都被列入失信人名单了。"

我："那怎么办？"

苏源："这钱一时半会儿还不上，我现在坐不了飞机高铁，写个授权书吧，还得麻烦你去把这家公司注销掉。"

通过他"北京的朋友的美国朋友的在北京的朋友"，终于在一个地下室的角落里找到营业执照、公章和金税盘。

"法人数字证书呢？"税务大厅的人问我。

"丢了。"

"没用完的发票呢？"

"应该是丢了。"

"三年没报税，需要人工报税，你先缴纳罚款，然后填表，明天再过来交吧。"

"我现场填吧，今天下午能办好吧？"

"那不可能，增值税、企业所得税、个人所得税，月报、季报、年报，上百张表呢，没几个小时你怎么填得完？"

"我们都是零啊。"

"零也得填表啊，公司名称、纳税人识别号、身份证号，写字不要花时间啊？还有签名、盖章，现在离下班还有一个小时，肯定来不及。"

于是我回望京后填表到凌晨三点。主要问题在于要填写的项目太多，根本不知道哪些位置该填写，哪些该留白。

第二天早上我递交了一叠纸质表格和一个 U 盘，服务大厅工作人员问我："个税申报表是我们的模板吗？读不出来。"

"昨天下午你们拷给我的啊。"

"那怎么读不出来？我重新拷给你一个模板吧。"

我在税务大厅花了一个多小时，重新做了三十多份电子表格，一个个压缩成 ZIP 文档。

"还是读不出来，你是怎么操作的？是我刚才拷给你的模板吗？"

"肯定是啊。"

"那怎么回事？要不你现场做其中一个月的表格我再试试。"

于是我现场又做了一张。

"还是读不出来。奇了怪了。你把电脑屏幕对着我，我看你每一步怎么操作的。"

只好照做，正当我从前一张表格复制身份证号码时，被工作人员制止了，"问题找到了，身份证号你只能一个个数字敲进去，不能复制。你这么一拷贝，把其他表格的格式带过来了，看起来虽然是一样的，但是系统识别不了。"

原来如此。谁能想到税务系统的个人申报表对文档格式要求这么严格呢？不管怎样，第一张正确的表总算做出来了，我在它的基础上另存，修改征期就好了。熟能生巧，三十多张表只花了半个小时就做好了。

"企业所得税年报的表格不对。"

"啊？"

"去导税台再要个模板吧，你这个不对。"

我急匆匆跑去导税台，这时已经到午饭时间了，担心她们马上要下班了。

"别着急，中午有值班的。"

　　导税台的女孩递给我三本 A3 大小的印刷版表格，我大吃一惊："这些都要填？"

　　"填其中一页和封面就好了。"

　　"然后我把这几页剪下来。"

　　"不能剪。你剪它做什么？三本都交上去就好啊。"

　　"这么多公司，都填这样的本子还不堆积如山啊？"

　　"怎么可能？有几家公司像你们一样三年没报税？人家都网上抄报，不需要填纸质表格。"

　　好吧，我知错了。花了整整一天一夜，才把税补报上。

　　"下一步该做什么？"

　　"联系你的税务专管员，发票遗失、法人数字证书遗失这些，看看怎么处罚。然后再来大厅取个号，看看财务报表怎么补。"

　　"我不认识什么专管员啊，这里不能办吗？"

　　"去导税台查询一下你们公司的专管员是谁，先给他打电话预约一下，把这两项办了，再来大厅补财务报表。"

　　"啊？这么麻烦。明天周六办公吗？周一我要出差呢。"

　　"周末不上班，你出差回来再去办吧。"

　　没有办法，只好将出差计划延迟。周一大清早，我又带着这些材料去了税务局。

　　专管员告诉我："税务方面的事虽然麻烦一些，按流程办下去总是能完结的，但市场监管局这边，按本区的规定，如果要注销公司的话，是要法人到场的。"

我："可是法人代表在西安，已经是失信人了，不能坐飞机不能坐高铁，这可如何是好？"

专管员很疑惑地看了看我，问道："你现在做什么工作？"

"还是自己创业啊。"

"你们的时间不宝贵吗？跑一天的费用算一千还是算两千？这些工作委托给代理去做不好吗？你自己跑税务、工商、银行搞注销，流程要几个月，你们又不熟悉，花的时间加起来满打满算一两个星期肯定要的，费心费力，会影响你们现在的生意吧？当年你们注册公司是通过产业园区的，注销也可以委托出去啊，花点劳务费就好啊。"

她说得有道理，其实我也考虑过，只不过觉得如果两三天能搞定的话，不妨咬咬牙坚持一下。现在看来，几周下去都搞不定，因为丢失发票、数字证书、声明公司注销都要登报，不但要等待，还有无数相关手续要办。

不过我还有一点顾虑："产业园区帮注销公司不用法人到场吗？"

"这个嘛，你去问问啊，应该有成功案例。不管怎样，总比你们自己办好很多。"

"大概要花多少钱啊？"我知道这个问题可能不合适，但没有别的办法，我不想当冤大头，要多了解点信息。

"这个我们不好讲的，你们自己谈啊。你想想要花多少时间，一个工作日算多少费用，跟对方谈啊，双方觉得合理就好，总比自己跑划算。如果个人跑跑，也就是个劳务费，如果是公司帮你办，肯定要double（加倍）的啰。具体你们自己谈，我们不好建议的。"

按照营业执照上的地址，我找到了苏源注册公司时的那个产业园区，问了大厅的几位工作人员，很快就找到了代办人员。当我将公章等材料移交给对方时，居然有一种如释重负的感觉，虽然事情还没完结，心里却像是有了七八成把握。十年来，我相信别人胜过相信自己的次数不多，这算一次。后来我吸取了教训，给自己的公司都请了兼职财务，所有的发票存根、账本都保留着，每个月都记得按时提交财务报表、报税，每年都报年报。

对于苏源，我始终抱有一种很复杂的情感，他是为我而离职的，从客观上来看，是我抛弃了他，他才回西安自己创业，他创业的结果很不好，我似乎应该负有很大责任。我做过总结，问题的关键还在于我并没有很喜欢他，并且自己又自私，觉得他帮我是天经地义的。后来才发现，这个世界上并没有谁帮谁是理所应当的，共赢互换才是正常的。

代办人员又对我说："夏总，您的事情交给我们办了，专业度尽可放心，但是流程还得一步步来，登报公示，递交材料，所有这些都是需要时间的，希望能理解。"

我问道："那我现在的公司开票怎么办？"

"您可以另外注册一家公司，快的话，一个月就搞定了。"

"另外再注册一家公司？不一样受限制吗？"

"这里是北京，有些信息没有全国联网啊，您可以在外地注册啊。比如说杭州，那边是互联网重地，我们很多客户在浙江都注册了公司，甚至注册了个体工商户，效率很高，而且有税收优惠。"

于是，我在杭州注册了一家新公司。为了正规运作，将社保也交上了，结果立即有杭州的朋友告诉我："你可以落户杭州了。"

"落户杭州？有什么好处？"

"可以买房啊。"

"你社保交在杭州，是再正确不过的决定了。北京、上海要五年不间断地交社保才能买房，现在这两座城市你都没连续交社保，所以还得等五年，五年后你也落不了户口。在杭州，一切权利立刻就有了。而且你摇号买新房的话，价格还比二手房便宜好几千甚至上万一平方米，买到就是赚到。"

落户、买房？第一次离我这么近。之前和苏源讨论过，但那时北京刚宣布五年社保的限购措施，所以没法执行，现在有这么一个机会摆在跟前，是该好好考虑一下了。委托代理注册好新公司，交了一个月社保之后，我二话没说，亲自跑了一趟杭州，就拿到了集体户口页和新身份证。一周工夫不到，我居然成了杭州人，神奇！在此之前，我只在乞力马扎罗 FM 工作期间出差去过几次杭州而已。

现在我有购房资格了，如果要买房，首付款从哪里来？杭州的房价虽然比北京低很多，但郊区地铁站附近房价也是要每平方米两万多元的，意味着首付得一百万。我首先想到"一姐读书会"的股份，但这是出售股份的最好时机吗？兰姐没出手，按说我也不该出手。那么首付款从哪里来？找家里要？父母明确告诉我，几万可以，多了没有。找朋友借？林泉一直在抱怨攒首付的速度赶不上房价涨幅。云雁是个消费主义者，从来不积蓄。赵宁尚未从困境中完全走出来，人家自己房子都丢了，还租房子住呢。我们四个真可以算得上租房一族的铁杆，坚持了将近十年。其他朋友更不用提了，交情没到这份上。吕岩呢？真是的，我怎么没想到吕岩？虽然吵过架，闹过分手，他目前仍然是除了父母之外最亲密的人。

"怎么突然想起来要去杭州买房？"他的第一反应是这个。

"因为我落户杭州，有购房资格了啊。"

"我这套肇家浜路的房子不是全款，所以还有些房贷要还，现在没多少积蓄。"

"那没关系，我另外想办法。"

"夏凡，你真的要买房吗？"

"对啊，刚才不是说了嘛。"

过了好些天，他又提到这件事："其实，你不用落户杭州，也不用买房。真的没必要。"

"为什么？"

"因为，我们今后生活在上海，有房子住啊。"

"终于说出了'我们'，这算是求婚吗？还是说不用结婚这么麻烦，今后我搬进来住就好了，关系不好了就搬出去？你们家不是挺传统的吗？云间世家，怎么这么开放了？"

"我现在说的这个意思，就是可以，结婚。"

他的态度明显不对，看来对我向他借钱买房这事非常介意。我非常生气，所以今天决意要对抗一番。

"可以结婚？天哪！说了半天，成了我向你求婚？"

"夏凡，不是这样的。我们在一起，一直没有讨论到这些问题。"

"那你以为呢？两个人在一起，就是为了满足你的性权利？还是要谈个代孕生子什么的啊？"

"夏凡，我刚才不是说了结婚吗？"他似乎不太有耐心，跟从前的态度大不相同。

"没错，你说了，不过听起来像是我在求婚，你同意而已。是这样吧？"

"我们刚才不是讨论买房的事嘛。我只是说，你不用给自己这么大压力，有房子住就好了，杭州那么远，也不方便啊。"

"笑话。你的房子百分之百属于你的，我住进去就相当于一个房客，跟这些年租房子住没什么区别。"

"夏凡，我跟你说，即便是刚才的话，也是克服了很多困难的，才敢提出结婚这件事。"

他开始诉说苦衷了，我非常失望，不过还是想让他继续说下去。于是决定再激他一激："难怪，自从上次去了你家之后，就一直没什么动静。后来你爸竟然安排人去我老家调查遗传病，虽然我很生气，也没跟你计较太多。你来北京住几天，也只是为了宣示你作为男朋友的性权利，从来没提到将来，我们将来该怎么生活。我一点儿未婚妻的感觉也没有啊，也没有订婚戒指，唯一的信物，可能你妈妈送的那双鞋子算是吧。"

"别提那双鞋子了。我是跟家人做了很多工作，才敢跟你提到结婚的事。"

果然，还有很多我不知道的幕后信息。

"哎哟，这么勉强，为什么现在才说。不过还是讲出来的好，免得将来后悔，到时候再分开，我们俩就都成二婚的人了。"

"不是这个意思。我是说，我已经克服了很多困难，你所不知道的困难。刚开始我妈妈并不同意我们的事，我妈说：'一想到将来会有一堆四川亲戚，就心烦死了，'甚至说要是跟你在一起，房贷就我自己还了。"

"你妈看起来挺有文化修养的样子嘛，怎么也说这种话？"

"唉，其实她，情绪相当不稳定，有遗传病，我爸每天都要花很多时间安抚。所以我爸上次才派人去四川调查你们家，为的是降低未来的遗传风险。"

"呵呵。原来是你们家自己有问题，是你的基因有遗传风险。"

"哦，这个，也可以这么说。"

"我明白了，你妈送我鞋子的意思，就是想要我自己走吗？"

"这个，鞋子的事，我说了你别生气啊。"

"都这样了，你就说啊。"可是，我怎么能不生气呢？我必须压制自己，先了解情况，然后大大地生一次气。

"嗯，那双鞋子，原来是给诺华买的。结果她那时刚好要去英国，鞋子还没送过去呢人就走了。也没去退货，一直放在家里，没想到我妈会把它送给你。不过我向你保证，那时候我就很紧张，知道她不同意，所以后面做了很多工作，才同意我和你继续交往。"

"天哪！幸好你现在告诉了我这些。我想了这么久，也没有猜到你妈会做这种事，怪不得当时你脸色都不对。也难为你了，我觉得大家不用这么辛苦的，本来也没住在一起，还是各自考虑清楚为好。"

这次谈话结束后，我在床上躺了一整天，没吃没喝，从没有感到如此无力。最后，我喝了一罐可乐，给自己增加点多巴胺和糖分，在"租房子的女人"的群里讲了和吕岩的这段对话。

林泉："我从来没见过情商这么低的男人。"

云雁："果然是个妈宝男。"

赵宁："冷静一段时间也好，刚好林泉要去北京看你。"

我："真的吗？林泉，你出差来北京？"

林泉："唉，出什么差啊，以后都不用出差了。我被公司裁员了，来北京散散心。"

林泉被裁员的消息，冲淡了我忧伤的情绪，我们相怜而不同病，刚好相互慰藉。

不过她到北京后，只在我的房子里住了一夜，第二天就搬走了。原来，她是来会新男友的，就是之前在琉璃厂相亲的那个男人。

我问道："你们不是没谈了吗？"

林泉："没错啊。可朋友圈里还有啊。前段时间他经常给我点赞，我才想起他，给他的藏品图片也点了赞，他就联系我了。这段时间我们不闹裁员嘛，心情很不好，顺便跟他聊了聊，他就乘虚而入了。呵呵。"

我："真没想到。他的收藏事业有进展了吗？不会还是赝品吧？"

过了几天，林泉和她男友请我吃饭，结束后去看"他们"的收藏。她的男友叫夏夏，个子真的很高大，也非常乐观，提到之前的各种"打眼"，他的口头禅便是"哈哈，没事，玩呗"。

他的收藏库房不止一个，这次带我去参观的位于一个小区地下二层，也是租来的，原本就是作为储藏室使用的。房间与房间之间有非常宽的隔离带，夏夏一边打开防火门，一边介绍道："防火防盗，冬暖夏凉。"进房间后是两排高高垒起的保险柜，最里面是一张桌子，上面有一盏台灯，一只正在修补的花瓶和放大镜、手套等，像是考古学家的工作台。

夏夏将他的保险柜一一打开，里面都是统一式样的大小盒子，盒子上还有他自创的品牌。

"宋元明清"，我读道。

"其实是宋明元清，宋元明清不好注册，其实横读竖读都可以，我的大多数客户都念成宋元明清，开发票的时候才发现是宋明元清。起这个名字就是打擦边球，好玩，光这个话题就能跟人聊半天。"

"已经开始商业化运作了？"

"当然，我这几年找到自己的方向了，开了淘宝店，就是要做收藏界的义乌小商品城，做大多数人买得起的收藏品。"

"我有一个疑问，怎么保证这些古董都是真的呢？"

"你看，每个盒子里都有鉴定证书。这些东西，我收上来的时候就会找人鉴定，不是真的不卖。还有呢，你看这些。"他又打开了一个保险柜，里面全是小盒子，"我进货过来就带证书的，你猜猜，这个多少钱？"他递给我一个小盒子，像是一个首饰盒，还挺精致的，里面有只破旧的小贝壳，盒子上贴有防伪标签和介绍页，说是商代贝币。

"从河南收过来的？跟项链吊坠价格差不多吧。八百？"

"不对。再猜。"

"一千？"

"不对，太贵了，大胆往下猜。"

"啊？两百块？"

"市场价一百块，我五十块进的货。这个送给你，玩呗。"

"真的，送给我了？我终于也拥有一件古董了，哈哈。"

林泉问夏夏："这个真是商代的吗？"

夏夏："相信专业人士。再说了，每一件商品都有鉴定证书，如果要怀疑，就得怀疑机构和专家了。不管怎样，只要有证书，拿到手的东西要转卖出去难度就小很多，淘宝上买个一百块钱的东西，没人会较真到再单独请专家鉴定的地步吧？这东西也就是家长买来给小朋友丰富历史知识的，商代的货币单位，通过这个，就可以学习到。至少可以让孩子对商周的历史感兴趣，这一百块钱难道花得不值吗？"

我的好奇心被调动起来了："夏夏，你别光给我们看盒子啊，你这么多藏品，我们只能看到盒子。我进来之前，以为是一排排的展品架，然后一排排射灯，所有藏品都能看见呢。现在发现全是一模一样的盒子。"

夏夏："没问题，我开几个给你看看。"

我："嗯，把这里最贵重的东西拿出来给我们欣赏欣赏吧。"

林泉："贵的东西都藏在他家里呢。"

夏夏："几万的也有，你看这个。"他打开一个稍大的盒子，里面是一只花瓶，"元代的。"

我："哎呀，我不敢拿，怕摔了。"

夏夏："没关系，摔了可以修补的，专门找个人，几百块补好了，根本看不出来。"

我还是不敢接："这么神奇？"

林泉："还是小心，别摔了，你说过还等着把这些卖了攒首付款呢。"

夏夏："真没事，你们拿着看看。其实来我这里看东西的人，从来没摔过东西，大家都小心得很。"他递给我，我拿在手上没几秒钟，就递给了林泉。

夏夏又递给我一件，"这是漆器，不怕摔。"

我："是不是应该戴手套啊？"

夏夏："没那么惊险。随便拿着玩儿。"

我拿着，正反面看了看，又递给了林泉，林泉再像个女主人一样把它再装回盒子里。这么一共看了七八件，光爬梯子，拆盒子，再次包装就挺费劲的，于是我就指着地上的一个泡沫箱子问道，"我能看看这个吗？"

"当然可以。"

我："这是建盏，我认识。"

夏夏："没错，真聪明，就是建盏，刚从福建收过来的，最近我主要从江西和福建收东西，大多数是陶瓷。"

我："贵吗？"

夏夏："不贵。我跟你说它们比现在那些做得好的新东西还便宜，你信吗？"

我："真的啊？"

林泉："新的建盏，好的要几千块呢。这些旧的，顶多几百块，有的几十块，很多都是旧时候窑里烧坏了扔掉的，什么年代的都有，民国时期就便宜了。这样差价才大。"

夏夏立即插话道："不，做这行有规矩的，小物件不能赚太多，我的规矩就是收进来的价格加上鉴定费再乘以三，就是销售价格。小东西又不讲价的，淘宝上卖卖，玩呗。你们懂'窑变'吗？建盏就主要是看这个。"

林泉回上海之前，我们又碰了个面。她给我讲了他们的计划，夏夏至今也没买过房，如果他们结婚，就同时具备了在北京和上海两地购买经济适用房的资格。"我打算留在北京，帮他打理生意，你知道，他在通信研究院上班，现在生意有起色了，精力上顾不过来。"

西　溪

　　起初兰姐听说我想退掉"一姐读书会"的股份，提出可以转让给她，价格是 400 万。

　　她说："一姐读书会的竞争压力蛮大的，机遇和风险并存。风投进来之后，公司的估值是高了，但我们的股权也稀释了。这个价格呢，相当于我们入股时候的比例乘以一个亿的估值，相当于最初注册资本的十倍。两年来一直保持在这么一个水平上。"

　　跟兰姐交易，好处是直接就可以拿到钱，公司这边年检时顺便做工商变更就好了。如果想要更高收益，就得等投资方出手，决策流程比较长。怎么办呢？我又开始犹豫了。

　　林泉的意思是见好就收，"到手的才是最好的，股票这东西，说不清楚的，将来公司能不能赚到钱，能不能上市也不好说。读书会的账面上一直是亏损的。很多高科技公司，或者这种互联网公司都是这样的，靠投资人的钱活着，靠画大饼扩展。房地产行业这么火都裁员，我觉得还是保守一点好。"

　　云雁则坚持她的看法，保留股份，不买房子。"又不是北京上海的房子,是在杭州啊,二线城市,而且不是西湖边上的。"
她对生活的要求确实有点高。

赵宁呢,更加务实了,她觉得可以在杭州的远郊买个小房子,
"总价两百万以内的,首付只要几十万。"然后继续持有股份。

还没等我们讨论出个结果来,易姐这边就出负面新闻了。

网上有人说她为小额贷款公司背书,还参股了,甚至有些
业务引入到"一姐读书会",声誉迅速下跌,一日千丈。有的
会员购买读书会的 VIP 年卡采用了易姐推荐的小额贷款链接。

正在洽谈的投资方着急了,要求公司整改。公司原来的股
东们也施加了很大压力,认为公司高度依赖易姐的影响力,有
极大的风险。

兰姐告诉我,现在股份交易会对公司有不利影响,还是暂停。
又过了一周,她说她也想出售自己手上的股份,股份转让的事
情就彻底搁置了。

赵宁说,兰姐的风格一直没变,坚决利己,但凡有点利人,
都是共同利益所致。"幸好你创业没用她的钱,否则就得一直
为她打工。刚开始辛苦点,后面的收益都是自己的,不用分给她。"

借着出差杭州跟几家互联网平台谈合作的机会,我跑了好
几个买房的热点区域。因为杭州 2022 年要举办亚运会的关系,
城市在大规模扩容,到处都是房子,虽然口袋里还没钱,却看
得我心花怒放。最贵的是钱江新城和滨江,城市界面非常新,
均价都在五万元以上,不过呢,我总觉得它们没有杭州的感觉,

任何一个城市都能找到这样的新城区。西溪附近非常不错，有山有水，"非常杭州"，距离未来科技城、西湖、灵隐都很近，当然价格也不便宜。稍远一点的有三墩和良渚，房价沿着地铁线路往外从四万到两万多不等，我觉得杭州的房子怎么挑都比北京好，自然环境和小区园林完胜。最便宜的是临平和大江东。大江东规划有两条地铁线，但那时还是一片农田，至少十年才能成熟起来，十年后我都四十岁了，于是放弃。临平生活气息浓郁，城市界面也不输于市中心，楼盘也很多，只是距离市中心比较远，但开车到上海就省了半个小时车程。按赵宁的方案，200 万左右的预算，临平是首选。我的房子将会在哪呢？可真不好说，因为大多数新盘都要摇号，除了自己看得上之外，还要靠运气。

易姐的名声越来越坏，甚至传出被司法机关传唤的消息。兰姐意识到命运还掌握在别人手中，不想自己的股份继续大幅贬值。兰姐终究是兰姐，还是有相当能量的。她和原有的投资方进行了私下谈判，她告诉他们，"这是你们收购我们原'兰姐读书会'成员股权的最好时机，可以利用这个机会获得对'一姐读书会'更大话语权，将来也许能控股。"其实这种给易姐背后捅刀子的事，她没跟任何人商量过。但是对于我们来说，还有更好的选项吗？

终于，兰姐带领着我们和这家投资方签订了股权转让协议，我拿到了 400 万。扣税后也不少，这笔钱可以让我考虑杭州市区里的房子。

于是，我参加了多次线上的购房摇号活动，每次冻结资金从几十万到一百多万不等，摇号的结果，几乎每次都排在倒数三分之一的区域，而一般人看得上的新楼盘中签率只有百分之几到十几，所以两个月过去，我也没买到房子。

正当我将注意力转向二手房时，西溪附近推出了一个新盘，报名的购房者不是太多，这个地段我之前实地考察过。首先，这个盘的地理位置很奇特，离西溪不太远，所以价格不低，也就是说"倒挂率"不高；但它位于山脚下，走到大路上有点远，而且距离规划中的地铁站也不近，给人的感觉很"偏"；还有一个不利因素是楼盘南面的山脚下有一小块墓地，有些购房者相当介意。

可这些对我来说都不是问题。我觉得这个地段"很杭州"，绿油油的山给人一种可依靠的感觉。我也很享受在小路上步行，重要的是我是创业者，不用上下班。墓地有什么关系？杭州建城一千多年，哪没埋过人啊？说明这个地方风水好，安静啊。至于"倒挂率"，我觉得那是暂时的，价值没有得到体现而已，政府对于地价和房价的限定是做过很多评估工作的，一分钱一分货，肯定错不了。我就这么说服了自己，报名，冻结资金。截止时间过后，发现还是有不少人报了名，意向登记家庭数与可售房源数比例还是达到了 3：1。一周后摇号结果出来了，我还是排在倒数三分之一。

正当我为自己的运气扼腕时，开盘日的第二天上午，售楼小姐给我打来电话，说是还有几套房子，问我要不要看看。

"可是我人在北京啊。"

"没关系，您只要先付定金，就可以先将房子确定下来，然后最近选个时间来杭州签合同办理贷款手续。"

"我房子都没看过，怎么能付定金呢？"

"没关系，我把楼盘模型拍给您看看，还有房子的户型图。微信发给您。"

"这剩下的房子，都是边角料了吧？"

"那不能这么说，其实我们这个小区，每套房子都不差的，最终也都会有它的主人，看适不适合自己了。有一套是二楼的，但您知道的，一楼是架空层，其实不影响的，还有一套在四楼。其实呢，我最推荐的还是一套顶楼的三房，视野非常好，本来呢到一百多号的时候就被人选走了，后来这人家觉得面积太大，总价太高承受不了就放弃了，他们只想要两房的。"

"顶楼会漏雨吗？"

"您说的这个是小概率事件，现在新房不太会有这个问题，因为楼顶都有一层隔热层，等于两层楼板两层防水。而且楼盘都是五年保修，顶楼除了这个，其他全是优点啊。"

"我还是得先去看看。"

"也行。不过呢，主要还是在售楼部了解情况。现场还是工地，楼盘盖到三分之二，您那套房子还没建起来呢，所以到现场也只能看看周边环境。"

　　这时，我才发现住在望京的好处了，离机场特别近，等我出现在这个楼盘售楼部时，她们还没下班。

　　了解过小区周边的配套，有利、不利因素和房子的区位之后，售楼小姐拉着我来到窗边，对着外面的一堆脚手架，半空中比画了一下，说："这就是您那套房子的位置"，我便刷卡付了定金。

　　我总结了一下，买房挺简单的，关键得有钱。

　　这件事对林泉刺激挺大的，她决定必须要在一年内拥有自己的房子，立即和夏夏开启了北京和上海两地的购房计划，"我们同时拥有两大一线城市的购房资格，不过我们的钱只够买一套政策房。"

　　后来他们在北京和上海都参加过经济适用房的摇号，并最终在北京的未来科学城边上摇到一套房子，单价不到两万，不过只有 40% 产权，剩下的产权归政府。"不过又有什么关系呢？房子归自己住就好了呗，又不会卖掉。"夏夏总是这么乐观。

　　赵宁呢，还是移民澳大利亚了，在墨尔本拥有了自己的 house（别墅）。

　　最后解决住房问题的是关云雁，作为一个房地产从业人员，她居然一直没买房，眼睁睁地看着房价蹭蹭蹭地涨到这么高。

　　不过在我杭州房子交付的时候，云雁终于出手了一套她们根角集团开发的房子。当然，不在市中心，也不在苏州河边，而是在号称"大虹桥"的青浦，紧靠地铁 17 号线的一个楼盘。

林泉很惊奇云雁的钱从哪里来，"一个消费主义者，从来不存款的，怎么买得起六百万的房子？就算首付 30% 也得两百万啊。你居然没贷款？"

云雁："没错啊，我是一直没什么积蓄的，可是呢，我们家突然拆迁了，一下子就多了三四百万。这样一来，我 50% 的首付款就有了。你知道，如果首付 30%，剩下 70% 三十年按揭的话，每个月也要还两万多块呢，还款压力太大了。现在首付 50%，剩下 300 万老板娘担保，相当于以非常低的利息从公司贷款，每月扣工资就可以了，也是两万多块，十年就可以还清了。"

林泉："你这个两万多，怕是接近三万了吧？怎么按揭就还不起，扣工资就还得上了呢？"

我插话道："你就不懂了吧。这样等于跟公司签了一个长期合同，而且薪资还有保证，云雁的房贴每个月有一万多块，然后直接扣工资，等于限制自己高消费了。如果是向银行贷款，工资发到自己账户，还是有可能乱花掉。"

林泉继续问云雁："那你住哪呢？"

云雁："我想通了啊，没交房这一年，就住公司的集体宿舍，跟刚毕业的学生挤一挤。其实空房间挺多的，也没人管，蹭到哪天算哪天。"

生活真的总是和最初的想象不一样。我们"租房子的女人"

确实非常神奇，赵宁最早是安家北京的，结果北京的房子丢了，去了澳大利亚；林泉铁定心思回上海，结果还是在北京安家；一心想住在市中心的关云雁最终住进了郊区新城；而我呢，则去了一个十年前从来没想到的城市安家落户。

受益于政府的强制要求，房子有装修，免去了很多烦恼。对于我这种外地来杭的小白来说，装修是多么难的一件事啊。硬装有了，软装还得自己来，因为这两年的房子，由于政府限价，开发商为了保持利润率，装修减配很厉害，三四千一平方米的装修标准，实际交付标准只有一千多。比如说房子并没有安装中央空调，只给客厅配备了空调和风管机，三个卧室都得自己加装空调。业主们为抗议装修减配闹过很多次，甚至去售楼部拉横幅示威。我人在北京，没有这个精力参与这个活动。后来事情不了了之，开发商也没任何补偿。

第一项是安装窗帘和空调，空调在京东上下单就可以了。一早，我跑去宜家选购窗帘，想自己安装，因为宜家就是这么宣传的。很快我就放弃了，因为我根本没法摆弄电钻。后来又想让宜家的师傅上门测量、安装，计算了人工费，比窗帘还贵，而且需要预约。到了中午只好妥协，去马路边找了家福建人开的窗帘店，我只有一个要求，当天安装。他们说窗帘都是定制的，绝对不可能。

我想了想，说："只好再去找宜家了。"

没想这家店老板问了我一句："你哪个小区？"

我答复后，他意识到这是一个很大的新交付小区，于是问道："愿意做我们的样板间吗？今晚搞定，给你成本价。"他居然承诺我当天可以搞定。

不过女人总是善变的，我之前说了只有一个要求，却又希望窗帘要漂亮些："样板间嘛，做漂亮些对你们也好。"可他们的布料非常难看，式样也很过时。我费了好大力气才从一大堆布料当中找到纯色的遮光布料，奶茶色的，他们说我真识货，这叫"莫兰迪色系"，由于价格比较高，选用的人比较少，"难得碰到你这么有品位的顾客"。

这家窗帘店的女主人和几位工人努力赶工，终于在当天晚上将窗帘装好了。北欧风格的白色窗帘杆，加上厚重的莫兰迪色系布料，视觉效果很好。

窗帘安装好后，我本想直接搬进去住，虽然床还没送到。睡地板也好啊，毕竟是自己的房子，就像冥想室，或者瑜伽房。结果到了晚上才发现燃气需要开通，没有燃气就没法洗热水澡，只好又住了一天酒店。第二天非常幸运，燃气公司的工作人员刚好现场办公，当天申请当天开通。

等待燃气开通的几个小时，空调厂商的安装师傅也来了，居然是一对中年夫妻。因为高空作业，老公先把安全绳栓在阳台栏杆上，可能怕阳台不牢靠，老婆见状便将安全绳的尾端在自己身上又绕了一圈。显然，他们用安全绳将彼此的命运紧紧拴在了一起。也许空调师傅之间全这么做，只不过这次是一对夫妻。我不敢多猜，也不敢多问，生怕坏了他们的运气。只是远远地拍了一张照片，发到了"租房子的女人"群里。

林泉立即问道："是厂商安排的还是外面自己找的？"

我："厂商安排的。"

林泉："那还好。你的房子是顶楼，所以这种高空作业呢，千万不能找马路施工队，万一出了事，这套房子都不够赔的。厂商呢，一般都是外包给有资质的经销商，经销商会给这些师傅上保险。"

我："啊？现在怎么办？总不能去问他们有没有买保险吧？"

林泉："现在问也迟了。不过厂商安排的，你就别想太多。超小概率事件。"

我："你没关注重点啊，我是让你们看，安全绳绕在女的腰上了。"

云雁："啥意思？这能绑得住吗？意思是要死一起死？"

林泉："那不一定，万一下坠的话，另外一端只要有点重的东西，就会卡在栏杆上，会缓冲一下。"

云雁："那这绳子还不把人给勒死啊？"

林泉："没那么严重，你看她的脚还踩在绳子上呢。"

我："他们是不是可以把安全绳系在栏杆上。"

林泉："你那是玻璃护栏，系绳子不方便，也不太牢靠。还有就是有时候绳子太长了，反而起不到作用。安装空调的安全等级，肯定是跟开发商施工没法比的，楼盘施工是每天都有安全考验，所以措施更完善。"

我："不知道空调安装工算不算穷人，但我觉得，富人应该不会去安装空调，公务员也不会，企业职员也不会，小店老板也不会……要爬那么高，那么高，有时十多层，有时三十多层。"

云雁："又开始感叹了。其实人没那么多地选择，才会做这种危险的工作，煤矿工人也一样。但凡世上有的行当，就一定会有人去做。不过有人说他们的收入还不错。"

林泉："那是相对于其他底层劳工吧？"

云雁："当然，多数人都是底层，我们也是。空调师傅的安全绳栓在了他老婆的腰上，我们的安全绳在哪呢？"

我们还没有讨论清楚，他们的高空作业就完成了。

我上前招呼道："师傅，辛苦了，这工作恐高的人做不了啊。"

他老婆接过话题道："怎么不恐高啊？我们刚开始干这活时，靠近窗台腿就发软啊，不过这样才没人跟你抢这份工啊，才没人抢你的工钱啊！"

师傅撇了撇嘴："胡说！怎么没人抢？装空调不要拿证啊？拿证不要钱啊？还有，不要钱谁给你派活？"他又转头对我说："每次安装，我们都会先做好准备工作，缩短高空作业的时间。也是让业主放心，万一出了事，人家的房子也贬值了。"

他说得没错，万一房子里发生了什么不吉利的事，房子也会贬值的，我们几个居然没想到这一层。当天晚上，我便写了一篇短文，叫《穷人的安全绳》，准备给一家杂志社投去。不过第二天早上我又改变主意，因为文中的道理过于浅显，就滑向知音体了。

床、衣柜、桌椅也送来了，一下子就凑成了一个家。林泉和关云雁都说从没见过这么高的安家效率。我说很正常啊，这都是租房十年锻炼出来的。租房子的时候，都是当天入住，一天也不想耽搁。我不追求定制家具，速度当然快。只不过现在的家居物品升级了，之前宜家是上限，现在成了下限。

入睡之前，我一直在给自己的房子拍照。从各种角度拍，开灯的，关灯的；拉上窗帘的，没拉上窗帘的；还有各种vlog（视频记录）。等到入睡时，已经夜里两点了，第二天早上醒来是九点半，创业之后的标准作息时间从此形成，所以我需要遮光度非常好的窗帘。早上十点之后开始通过网络和电话联系客户，或者出去见人，下午三点到五点之间，晚高峰来临之前吃"午晚餐"，然后处理工作相关事务到晚上八九点。晚十点之后便是我的自由时间，用来记录生活、创作。

而且我很快发现，在杭州展开工作和待在北京并没有太大区别，刚好可以利用这段时间好好整理自己的思绪。对于我这个年龄段的女性来说，如果还没有结婚生子，每天思考的内容无非两个：工作和男人。我已经决定给自己放假，工作上的事不耽搁，而且我选择的是"轻创业"模式，作为知识付费的经纪人，不需要大资金投入，甚至也没什么雇员，低成本意味着只要有收益就是赚，压力小很多。所以剩下的一个主题便是男人。自从"冷冻"与吕岩的关系以来，我觉得自己取得了很多进步。首先是买到了自己的房子，虽然房屋的价值差异很大，但那是我自己赚钱买的，缩小了和他的差距。其次，我自己创业，虽然收入不太稳定，但平均而言，远远超过吕岩在生物公司的薪资。最后，我觉得自己比吕岩更独立，更有决断力。他就像一个没有剪断脐带的孩子，永远跟随着父母，房子是家里给的，交往女朋友要妈妈同意，科研项目和工作也要看导师脸色。在双方关系上，我不再出于被动的角色。

至于那双 Jimmy Choo 的鞋子，我曾一度想扔掉它，只是它当时不在北京而"幸免于难"，现在我却一点也不介意它的存在，相反，我认为它具有相当正面的寓意。

它比我的尺码大一号，这说明我刚开始确实够不上它，在家庭出身、学历、财富、社会地位等方面都比吕岩差一大截。可是现在我不这么认为了，认知和勇气才是最重要的，它会带来财富和其他的一切。现在我自己买一件几万元的奢侈品也不会觉得有什么心理障碍了，而且对时尚领域积累了相当的认知。现在我要感谢吕岩妈妈送给我这双鞋子，它确实是一双水晶鞋，以预想不到的方式激励着像我这样的灰姑娘提升自己，最终华丽蜕变。

于是，我给吕岩也发了信息，让他将我的行李从上海快递到杭州来。等待交房的这一年，我见过几次吕岩？两次，或三次，忘了，记得其中有一次只是在好望角大酒店楼下的星巴克坐了一会儿。

他提议去家里坐坐。当然不是松江那个家。我不理解他为什么不说"楼上"，换个词，或许效果完全不同。

"家里？"我对这个用词相当不认可，"你家？"

"呃，就是，我那个房子里。"当然是他的，不是别人的。

"哦，这里挺好的，有阳光。"

"楼上也有阳光。"这才想起来采用"楼上"代指他的房子。

"这里氛围更好，没话的时候，还可以偷听别人说话。"

"楼上可以健身。"他常用健身指代所有的运动。

"没兴趣，别在大庭广众之下提这个。现在有疫情，万一隔离了，得两周后才能放出来，到时候怎么向你的新女友解释？"

"又来了，哪有什么新女友啊？"

"怎么可能，这世上还有吃素的男人？喝咖啡这点儿工夫，就想让我上楼，平时还不知道找谁健身呢。别误解。再次声明，我们已经分手了，你是自由的。"

他无奈地笑笑，又提议去隔壁吃饭。

"湘鄂情？算了，我不喜欢回忆。"

"湘鄂情关了，换成徐记海鲜了。"

"那更没意思了。不去。我真约了客户。"

总之，印象中这次会面不到一个小时，或许半个小时。跟很多人不一样，我的两次分手都很平和，没有鸡飞狗跳，没有冷战，所以有什么事需要再次联系也没什么困难。碰巧的是，我都有行李箱在他们手上。

吕岩回信息说："我要去美国了，方便的话，我开车把你的东西送到杭州来？"

我问道："出差吗？还是移民？你老师的项目？"

吕岩："都算是。公司对接的，也是老师的一个项目，要待上一年，顺带办理移民，应该问题不大。家里认为，还是美国比较适合我。"

我："没错，我也觉得美国比较适合你。从科研学术上不用说了，肯定是在那边更好。从经济上来说，国内的生物医学行业普遍都还没开始盈利，员工薪资很低的，博士的收入还不如互联网行业的本科生。老板是赚钱的，你又不适合自己创业。"

吕岩："没准过几年我也回国创业呢。"

我："也许吧。不过我觉得你还是在美国生活比较好，你们这些博士被保护得太好了，甚至有些天真。"

吕岩："有吗？有那么天真吗？我可比你大好几岁呢。"

我真想直接说他是妈宝男，还是忍住了，"还是挺天真的，没有经过真正的商业洗礼。再说了，很少有人一次创业就成功的，我算是经历了三次，现在也还不一定呢。"

吕岩："公司很多事情，我还是知道的，只是没跟你说。"

我："我的理解呢，创业就是处理各种麻烦事，没有亲自经历，光是听说不管用的。担子压在自己肩膀上，才知道有多重。好了，我们不讨论这个了。我觉得你去美国是件大好事，祝贺你！"

吕岩："祝贺我？能不能改成我们？"

我："我才不跟你去美国。现在我干得挺好的，客户、合作伙伴都在国内，路子都踩出来了，过两年时机成熟了，我也建自己的平台。要是去了美国，这些机遇都会错失。"

吕岩："不谈这些了，赚钱的事，聊得多累啊。"

我："那聊什么？"

吕岩："这么久了，你不想我吗？"

我："呵呵，我干吗要想你啊？"

吕岩："这不刚给我发信息嘛。"

我："联系你是想把我的行李拿到杭州来，想到你和想你是两个概念哦。"

吕岩："哎呀，玩什么概念游戏啊。那你最近有认识什么人吗？"

我："认识的人很多，但没有你说的那种。"

吕岩："那就是了。我开车把东西给你送过来吧？"

我："不行。我约了云雁，云雁明天就来我这里住几天。你还是把我的箱子快递过来。"

吕岩："骗我的吧？"

我："骗你干吗。你马上要去美国了，就好好做准备。去了也别联系我，各忙各的，别耽误了远大前程。"

吕岩："哎呀，又何必讽刺我呢？"

我："不是讽刺，真的是远大前程。你的，和我的，都一样。别分心相互干扰，我们适合分别做好自己的事。若干年后，再回头来看，你会认可我这种说法的。换了别人，就冲那双鞋子，早跟你一刀两断了，一句'你走你的阳关道，我走我的独木桥'，够难听吧。我不觉得现阶段对你来说婚姻有什么意义，于我也一样。只是你父母觉得你三十多岁了，该结婚生子而已，想找个合适的人吧？而我还算不得这合适的人。"

吕岩："别这样，刚才不是说了，不考虑这些外界因素，什么事业、赚钱、家庭，就考虑我们自己、我们两个，我们以前在一起的时候不是很好吗？你想想我们一起说过的话，抱在一起做过的事……"

我："stop打住，不要讲下去了。没那么多'我们'，我觉得从前的大多数都是你想，你要，而没有我，更谈不上我们。真的，你收收心思，做好出国准备吧，你过来我也是不见的。箱子快递过来就好，非常感谢！"

随后我便去邀请关云雁来杭州玩，可她真的没时间。

云雁说："干吗不让他来杭州呢？人家是小别胜新婚，你们分手前也可以啊，呵呵，在这所房子里的每个角落……留下回忆。"

我："那怎么行？正是考虑到这个，才坚决拒绝的。如果我将来的老公知道了，那这房子还怎么住？"

云雁："有那么介意吗？你不说谁知道。"

我："不想有这样的回忆，太混乱了。我觉得现在这样挺好，你知道吗？前几天家具还没进来的时候，我坐在房子的地板上，真有一种禅修的感觉。"

云雁："哦，明白了，你这段时间清心寡欲。"

我："不是这样的，其实这几天想了很多。现在每收到一个箱子，打开后，里面的旧东西都让我想起很多以前的事，从我们在回龙观租房子开始，一直到现在望京还在租的这套房子，都留下了很多东西。我每想到一些，就记下来，已经写了好几天了。"

云雁："都是租房子的事吗？"

我："也不是，租房子本身没多少事，就是我们四个人这十年来一直租房子住，十年间发生了哪些事。"

云雁："挺好挺好，我觉得你可以写本书，书名就叫《租房子的女人》。"

可是到了晚上，我跟林泉聊天的时候，发现自己的情绪又没那么高昂了。反思我跟吕岩说过的那些话，真的有那么自信吗？

林泉说她准备结婚，没想到她妈妈对他们在北京购买经济适用房意见很大，说应该在上海买，她年纪大了，可能也没多少年了，回上海后一直在女儿租的房子里住着，现在女儿连工作都丢了，所以很没有安全感。夏夏答复说她可以住到北京来，林泉妈妈不同意，她强烈要求他们结婚前在上海再买一套房子，

"要求不高，50 平方米的老公房就好，我有一个房间，你们一个房间。不至于将来再搬来搬去。"

林泉叹息道："一百万的首付对于我们来说根本没可能，夏夏的那些假古董也好真古董也好，很难变现，卖了一年也才积攒下几十万，再加上我的积蓄才把北京的房子首付给凑齐，现在又要买上海的房子，太难了。"

我："有没有可能先在上海买房呢？"

林泉："怎么可能？夏夏在北京这套房子好不容易才摇到的，之前已经放弃过另外一个楼盘了，再不买就没机会了。我现在上海没工作，按规定经济适用房也不能买，因为还不起贷款，只能申请廉租房。你想想，从新建商品房，到二手房，再到经济适用房，最后到廉租房，我妈该有多绝望。不过我也实在没办法，人到中年，工作不好找。接下来我打算在上海注册一家个人独资企业，帮夏夏卖东西的同时，缴纳自己的社保公积金，发发工资，恢复上海的贷款买房资格。"

我："这么年轻就人到中年了？还怕找不到工作？"

林泉："真的不好找。你不知道，从今年开始房地产行业有多不景气。我虽然是做财务的，按说各行各业都用得上，可更年轻的小姑娘很多啊，人家几千块一个月就干，我拿什么跟她们竞争啊？现在帮夏夏打理'宋明元清'，平均一个月还有几万的毛利，比上班强啊。我们都三十多了，个同于十年前，光打工解决不了问题。这个世界很残酷的，之前我只是不愿意承认，失业之后才明白，错把平台当能力了。我之前总以为，别人尊重我是因为我很优秀，现在我才明白，别人尊重我是因为别人很优秀。人的命运，大多数刚出生时就决定了。我总觉得我们四个人当中，我的家庭基础是最差的。父母帮不上什么忙，我妈一个知青身份，除了给我一个上海户口之外，什么都没有，现在得靠我养老。你虽然说出生在小县城，但是没什么家庭负担，创业成功，还买到了杭州的房子。云雁虽说出生在农村，赶上家里拆迁，房子问题也解决了，她现在跟着老板娘，也不算太差。赵宁就别说了，瘦死的骆驼比马大，人家还是出国了。"

听说我要和吕岩彻底分手，她又劝道："其实吕岩算不错的了，脾气挺好的。我觉得他能说服他妈不反对已经很不容易了。人家都要移民美国了，现在还主动来找你，说明有感情基础啊。说难听些，他这么好的家底，找个什么人不行啊。我是年龄越大越现实了，一点儿脾气都没了，从前我认为夏夏又穷又没什么追求，现在觉得他这点收藏的爱好也蛮好的。"

听了她这么消极的话，我开始怀疑自己了。从吕岩妈妈的角度看来，像我这样爱折腾的女孩子，能蹦跶出什么来呢？只不过赚了一套杭州的房子而已，别人家市中心的房子和松江的别墅早就有了，儿子是博士，马上要移民美国了，退休的处级干部家庭背景，社会地位和财富都完胜。要达到旗鼓相当的程度，名下一家上市公司差不多，至少也得高管。可我名下的公司连个正式雇员都没有，差距太大了。一个最基本的事实是，我们四个女生十年来一直在租房子住，而吕岩从来就没租过房子，直到这次去美国。可是，几个小时前我还不这么认为呢，出了什么问题？

嗨，我只好做了一个深呼吸，然后告诉自己，当下的一切都是暂时的，只要还有时间，将来都有改变的可能，睡吧。

第二天早上，阳光灿烂，视野非常清晰。我站在阳台上，对面墓地的石碑历历在目，我看着他们心里倒是特别宁静，甚至还想起了乔布斯的话，"记住自己终将死去""You are already naked. There is no reason not to follow your heart.（你已一无所有，没有理由不顺心而为。）"没错，昨天我介意的一切都不重要，"all external expectations,all pride, all fear of embarrassment or failure-these things just fall away in the face of death,leaving only what is truly important.（所有的身外之物，包括荣誉、对难堪或失败的恐惧，在死亡面前都不值一提，只留下真正重要的东西。）"

群里收到了新信息，林泉问我在干吗？我说在回味乔布斯的遗言。

她大笑："朗朗乾坤，这么矫情，关注生死问题干吗？"

我："不是关注生死，只是觉得他讲得很有道理，每一天都按照最后一天来活，就会分辨什么是重要的，什么是不重要的。"

林泉："想好了又怎样？还不是该干吗干吗，忙起来的时候还是忘掉。我对这个世界的认知就是，即便你懂得了世上所有的道理，路还是要一步一步走，饭还得一口一口吃。我得先买房，所以得完成这一周既定的销售目标、每个月的销售数字，否则这个网店就开不下去，店开不下去，还贷就会有问题，就得满地找工作去了。至于今天过得充实不充实，有没有意义，我想不了那么多，只要停下来就觉得心慌。有时候我也思考，比如周末，还有晚上睡不着的时候。不过我每次看到夏夏睡得特别香，就觉着特别踏实。他几十年就这么过来了，上学的时候拼命学，工作就认真工作，虽然没当什么领导，也没什么钱，就一个高级工程师，但过得挺快乐。这么大年纪了，才买了半套房子，还坚持这么个吞金破财的小爱好，但他从来没自卑过，成天乐和乐和的。都说触底反弹，夏夏说他触底几十年了也没反弹，哈哈。我觉得没什么问题，健康快乐就好。"

我本想说，自己就一个人生活，当下就是我的"底"，又觉得这么讲对她来说有点"凡尔赛"。单身能买房，创业三次，目前收入还不错，生活自由，确实不能算"底"了。这些对于我来说只是开端，我能感觉到行业的前景以及自己的发展。这些和林泉又有什么关系呢？不如谈谈我的窗帘色系，窗外的景致吧。于是我附和了几句。

林泉又说赵宁说下月回国，由上海入境，到时候她也会在上海，大家约个周末一起到杭州来给我"暖房"，庆祝大家都拥有了自己的房子。她说云雁最近也很兴奋，还没交房呢，就急吼吼地给自己房子设计软装，"她一定对你的房子很感兴趣。她这个人啊，就是想攀比，一直比到自己能赢为止……"我听林泉说得这么热闹，又接地气，不禁有些期待。

"租房子的女人"又可以聚会了。